Mirnyj K. Blumberger

Wohnwagengeschichten

Mirnyj K. Blumberger

Wohnwagengeschichten

1. Auflage- Oktober 1994

Band 7 der Taschenbuchreihe

Layout und Typografie: Andreas Ciesielski
Belichtung: PPS PrePrintService GmbH Rostock
Druck & Bindung: Rügen-Druck Bayerlein & Jokiel GmbH

ISBN: 3-929370-18-2

INHALT:

VORZEICHEN

Ich war mit dem Wohnauto vors Haus gefahren, um alles Notwendige für die Reise bequemer einpacken zu können. Als ich vom Fahrersitz stieg, schlug ich hart mit dem Kopf gegen den Türrahmen.
Sonderbar, dachte ich. Was soll das?
Es gab überhaupt keinen ersichtlichen Grund. Der Wagen stand nicht zu dicht am Schuppen; die Tür der Fahrerkabine ging also vollständig auf. Und schließlich ist mir das Fahrzeug ja nicht fremd. Wir besitzen es jetzt seit über zwanzig Jahren; ich bin einige Tausend Kilometer damit gefahren und ungezählte Male vom Fahrersitz runter und wieder drauf gestiegen.
Also, was sollte das?
Und ich war auch nicht in Eile. Ich hatte reichlich Zeit für alles. Auch regnete es seit einer halben Stunde nicht mehr; ich konnte also in größter Ruh die paar Anziehsachen, Bettzeug, Schuhe, Eßwaren und Hundefutter heranholen und verstauen. Denn im Haus stand alles vorbereitet beieinander. Und losfahren wollten die Hunde und ich sowieso erst morgenfrüh.
Trotzdem gestattete ich mir halbkonzentriert einige unterschwellige Fragesätze, während ich - selbstverständlich! - meine Utensilien, einen Packen nach dem andern, treppab trug.
Was soll das? fragte ich mich - und verstaute den Kram in Fächer, Schränkchen und Schubladen.
Was soll der Schlag gegen den Kopf?
Ist er etwa ein böses Vorzeichen?

Soll ich vielleicht nicht fahren?
Aber darauf kam natürlich sofort die Gegenfrage: Was heißt: Soll ich - soll ich nicht? Wer bestimmt denn das? Wer sagt uns das, ob wir was sollen oder nicht?
Einzig und allein doch wohl unser sogenanntes Gewissen, nichtwahr? Da zwei Drittel des Wortes Gewissen aus Wissen bestehen, weiß man natürlich immer zweidrittelgenau, was man soll - vorausgesetzt, man hat ein gutes Gewissen.
Ich hatte eins.
Ein gutes Gewissen, ja; nur kein gutes Gefühl, jetzt, nach der Kopfnuß.

Aber was sind schon Gefühle?!
Trauen Sie mal Ihren Gefühlen! Da können Sie ganz schön bei auf den Bauch fallen!
Also folgte ich dem Gewissen und packte weiter. Anorak, Pullover, ein weißes Hemd und die bequemen Sandalen hatte ich schon. Jetzt erstmal die Eßschüsseln und den Trinkeimer für die Hunde.
Wieso eigentlich hätte ich *nicht* fahren sollen? Die Kopfnuß als solche war ja kein Gegengrund. Der Schmerz ließ ja bereits nach. Und - ein böses Vorzeichen? Wofür? Quatsch! Wieso also nicht fahren?! Wegen des miesen Wetters vielleicht? Das war ja garnicht mies. Es war gut! Der Sommer war extrem heiß und trocken gewesen. Das Land lechzte nach Feuchtigkeit. Unsere Hauswasserversorgung hatte sogar schon zweimal schlappgemacht. Und nun - endlich, endlich - seit vierzehn Tagen regnete es, regnete und regnete. Und wir waren selbstverständ-

lich alle glücklich und hochzufrieden, daß der Mais und die Zuckerrüben noch ihr notwendiges Quantum Wasser bekamen. Also: Mieses Wetter? Naja, zum Reisen war es nicht ideal. Aber bei der brütenden Hitze neulich hätte es auch keinen Spaß gemacht. Dann schon lieber so.

Also: Weshalb *nicht* reisen?

Weshalb etwa könnte ich nicht sollen? Oder weshalb sollte ich nicht können? Oder nicht dürfen? Oder nicht sollen?

Alles Quatsch.

Ich hatte ein gutes Gewissen.

Helmuts letzter Brief verpflichtete uns ja auch geradezu, diesen Besuch nun endlich zu realisieren. Diesem Brief gegenüber einen Schlag an die Stirn überhaupt wahrzunehmen, geschweige denn wichtig oder gar ernst zu nehmen -: Nein, das wäre unangemessen gewesen. Das ging nicht. Bitte, hören Sie selbst! Ich lese Ihnen Helmuts Brief vor:

Lieber M.!

Meine Frau und ich sind wirklich sehr gerührt! Daß Ihr all diese Umstände auf Euch nehmen, Euch mit diesem Zeit- und Kraftaufwand belasten wollt, nur um uns die Freude Eures Besuches zu bereiten, das finden wir wirklich ganz besonders lieb. Ich scheue mich nicht, es auszusprechen: Wir sehen darin ein großmütiges, klares Zeichen einer echten Freundschaft, einer Geistesverwandtschaft, wie sie nach so manchem Jahrzehnt des gegenseitigen Sich-Kennens wirklich keine Selbstverständlichkeit ist.

Lieber, wir ahnten ja nicht, daß Ihr niemanden zum Einhüten habt, so daß Ihr genötigt seid, Eure Hunde

mit auf die Fahrt zu nehmen. Auch wußte ich nicht, daß Deine Frau am Samstag noch Spätdienst hat, so daß sie erst Sonntagfrüh mit der Bahn nachkommen kann! Das alles, alles bedeutet für Euch fürchterlich viel "Gedäh". Und wenn wir das geahnt hätten, würden wir uns gegenwärtig mit einer Einladung noch zurückgehalten haben.
Indessen, nun sind die Würfel gefallen. Das heißt: Unser Wort ist gefallen; und Euer Ja-Wort desgleichen. Und ihr habt alles soweit geplant und vorbereitet ...
Und, also dann - sei es denn!
Wir freuen uns unaussprechlich!
Gute, gute Fahrt! Oder richtiger: Gute Fahrten!
Und bis auf Wiedersehen in hoffentlich vier Tagen!
Immer Dein H.
Nun? Entscheiden Sie selbst: Hätte ich da klein beigeben sollen?
Wegen einer Beule an der Stirn, die vielleicht, vielleicht noch kommen würde, aber bisher nichtmal andeutungsweise zu fühlen war?
Hätte ich?
Hätten Sie?
Bestimmt nicht!
Hundefutter. Dann ein paar Handtücher, Nachtzeug, Bettzeug ...
Und dann fing es wieder an zu regnen.
War nicht schlimm. Ich hatte fast alles verstaut. Morgenfrüh noch die paar Eßsachen, die ins Kühlfach mußten, vielleicht noch ein paar Tomaten, etwas Obst - fertig. Dann konnte es losgehen.
Die Hündchen (ein Hovawart, ein Golden Retriever)

spürten auch schon, daß irgend etwas im Schwange war. Vielleicht ahnten sie, daß sie mitsollten, beziehungsweise mitdurften. Vielleicht freuten sie sich, vielleicht auch nicht. Auto fahren sie gern; Wohnmobil weniger gern. Das liegt daran, daß beim Wohnwagen zwischen Fahrerkabine und Wohnteil nur ein schmaler Durchgang ist, gerade eine Hundeschulterbreite. Und vorn, zwischen Fahrer- und Beifahrersitz ist auch immer nur für *einen* Hund Platz. Folglich bleiben selbst bei sehr friedfertigen Kameraden gelegentliche Kabbeleien und Eifersüchte nicht ganz aus. Kurzum: Wohnwagen fahren die Hündchen nur mittel-gern. Es regte sie bisher immer ein bißchen auf; mehr auf als an. Und ganz lange Fahrten, so wie jetzt eine geplant ist, haben sie bislang noch gar nicht mitgemacht. Aber ich denke, wenn wir die ersten fünfzig bis hundert Kilometer hinter uns gebracht, den ersten Parkplatz angepinkelt haben werden, dann wird das eintönige Motorgeräusch die kleinen Dösköppchen bald einschläfern.

***

Abends kuckte ich mir nochmal genau die Karte an und rekapitulierte meine Fahrtroute. Wir wollten uns Zeit nehmen: Nur etwa dreihundert Kilometer am ersten Tag. Reichlich Pausen; frühzeitig auf einen Autobahn-Parkplatz zur Nachtruhe; und am nächsten Morgen dann ganz gemütlich weiter. So würden

wir bequem zum Mittagessen in R. sein. Cordula käme mit dem Zug auch etwa um die Zeit an; und alles würde wunderschön werden.
Also für heute: Gute Nacht.
Gute Nacht, Hündchen, schlaft Ihr auch schön, und wacht fröhlich wieder auf!
Am nächsten Morgen fiel mir ein: Es kann natürlich auch mal vorkommen, daß irgend 'ne kleine Havarie am Wagen ist. Dann bittet man von der nächsten Notrufsäule aus den ADAC um Hilfe. Und diese Männer, das wissen Sie, sind ja einfach fabelhaft. Ruckzuck! Sie setzen sich ein, haben jedes Werkzeug bei sich, legen sich untern Wagen -: Ein paar routinierte Handgriffe - und schon ist beispielsweise ein neuer Keilriemen drauf. Ich selbst versteh ja leider absolut nichts von Technik, von Autos schon zweimal nicht. Aber jedenfalls: Sowas mit einem gerissenen Keilriemen auf der Autobahn, das war bei mir bereits zweimal. Und beide Male (einmal war sogar Nacht) rief ich den ADAC, und ich kann nur sagen: Phantastisch! voll zufrieden mit diesen Leuten.
Bei Regen ist es natürlich nicht so genußvoll, sich auf die Fahrbahn, unter ein Auto zu schmeißen, wenn das heile Wasser auf dem Asphalt steht. Genau - das fiel mir ein: Ich wollte für solch einen Eventualfall wenigstens eine Plastikfolie mitnehmen, daß der arme ADAC-Kerl nicht total naß würde.
Ich hab von früher noch so ein gutes, derbes Stück Plastik, etwa zweimal zwei Meter; ganz brauchbar für solche Zwecke. Das liegt in der Garage, rechts,

auf dem Ablagebrett.
Ich gehe zur Garage, die Hündchen natürlich auch.
Mitten vor dem Garagentor liegt eine tote Drossel.
Geht mal weg, ihr Hündchen! Laßt mal aus!
Ich kucke mir den Vogel von Nahem an: Ganz frisch. Noch nichtmal 'ne Ameise dran ...
Gegen unsre großen Wintergartenfenster fliegen ja öfters mal Vögel, besonders ungeübte Jungdrosseln, aber gelegentlich auch Spechte; einmal sogar ein Grünling. (Spatzen freilich nie; die sind viel zu intelligent.) Aber gegen das grün gestrichene Garagentor... Da flog doch noch nie jemand gegen. Und nun heute dies ...
Na? sage ich zu mir. Na, mein Lieber?
Dann nehme ich die Drossel und werfe sie in das dichte Heckenrosengebüsch am Zaun, wo die Hündchen niemals reingehen. Da mag sie in Ruhe wieder Erde werden.
Die Hündchen stehn und kucken mich an. Ich kucke sie an. Na, was nun? Sollen wir fahren? Sollten wir doch vielleicht besser nicht fahren?
Die Kopfnuß... Der tote Vogel!
Was würden die Auguren sagen?
Was riete uns das Orakel? (Riete ... raten -: Auch so ein herrlich zwiespältiges Wort!)
Wo, bitteschön, haben wir unsern Rest von Mantik aufbewahrt?
Quatsch, Mensch! Hab dich doch nicht so albern!
Also, Hündchen, selbstverständlich fahren wir!
Ach so, was wollte ich doch hier? Richtig, die Plastikfolie.
Also klappe ich das Garagentor hoch. Die Folie liegt

an ihrem Platz, ordentlich gefaltet. Sie wird vorn zwischen Reserverad und Abschleppseil geklemmt. Und selbstverständlich fahren wir.
Um acht Uhr wird gestartet.
Die Hündchen sind furchtbar aufgeregt, rennen von hinten nach vorn, von vorn nach hinten, wollen immer beide gleichzeitig durch den schmalen Korridor; behindern, klemmen sich dabei, ärgern sich, mauzen, hecheln, sabbern. Naja. Nur Geduld.
Cordula winkt. Sonderbar, so ganz wohl und gelassen scheint ihr auch nicht zumut zu sein. Weshalb eigentlich nicht? Vom Kopfstoß und vom Vogel hab ich ihr doch kein Wort gesagt. Wie sollte ich wohl?! - Hat sie etwa auch ein ungutes Gefühl trotz guten Gewissens?

***

Die ersten Kilometer werden richtig unangenehm. Ganz sonderbar, diese Unruhe der Hunde.
Nu, nu, Kinderchen, nun könntet ihr euch aber wirklich mal ein bißchen hinlegen. Belli, du bist die Ältere. Sei du mal vernünftig: Geh ein bißchen nach hinten, und leg dich auf die Matte, ja? Und Juli, du gibst jetzt auch mal Ruhe und hockst dich hier vorn hin und spielst gefälligst nicht immer mit dem Ganghebel. Du weißt doch, daß ich den brauche - zum manchmal Hinundherbewegen. Nein, nun ist gut; nun laß das. - Gut so! Soo ist braav!
Also gut.

Endlich mal normales Fahren.
Ach so, Mensch, so 'n Mist! Jetzt hab ich vergessen, die Kühlbox einzuschalten. Darf man erst, wenn der Motor läuft; sonst macht sie die Batterie leer. Aber über dem ganzen Wirrwarr hab ichs dann vergessen. Aber jetzt halten? Wo endlich die Beiden ruhig sind? Nein! Fahren wir noch ein Stück!
Allerdings, ich hab die Milch in der Kühlbox. Wenn die erst warm wird, ...
Aber mich lockt's jetzt wirklich nicht, schon wieder zu stoppen und Terror zu machen beziehungsweise Terror zu kriegen.
Ich weiß ja auch nicht, was los ist. Aber aus irgend einem Grunde sind die Hündchen nicht normal. Sind wie gestochen.
Als hätten sie auch ein ungutes Gefühl vor dieser Reise.
Als hätten *sie* sich den Kopf gestoßen; als hätten *sie* den toten Vogel gefunden.
Also, wenn sie jetzt grad angefangen haben still zu sein, sich zu gewöhnen, werd ich den Deubel tun und sie durch unnützes Anhalten wieder hochjagen.
"Unnütz" ist gut! Es sind ja auch Eier, Butter und Wurst in der Kühlbox ...
Also gut, sobald ein manierlicher Parkplatz kommt. Und dann in aller Ruhe.
Es kommt ein manierlicher Parkplatz. Und, was meinen Sie, kaum gebe ich auch nur ein kleinbißchen weniger Gas, kaum verlangsamt der Motor etwas, sind diese verdammten Köter wieder hoch. Bella kommt nach vorn gelaufen, scheucht Julischka von ihrem Platz, steigt mit den Vorderfüßen auf den

Beifahrersitz, kuckt nach vorn, mit Riesen-Angstaugen, und ich warte nur noch darauf, daß sie sagt: Halt an, halt an! Es stimmt was nicht!
Also irgendwie ist heute der Wurm drin.
Kinderchen, beruhigt euch doch bitte, ja? Es ist gaarnichts los!
Ich will nur eben die Kühlbox einschalten.
Zum Parkplatz rechts rein. Angehalten.
Den Motor lasse ich schon vorsichtshalber laufen, damit nicht mit Aus- und Anlassen neuerlich zwei Veränderungen eintreten.
Ich steige aus, kucke, ob alles frei ist, lasse die Hunde raus.
Aber die, statt, wie zu erwarten, übern Platz, ins Gras zu rasen, rennen zur Straßenseite. Ich pfeife: sie kommen. Aber sie stehen nicht ruhig wartend bei mir, sondern trippeln und quietschen und geben sich einfach illoyal.
Mein Gott nochmal, allmählich werd ich schon selber etwas kribbelig.
Aber dann schalt ich die Kühlbox an, bitte die Hunde, wieder einzusteigen; sie tun es auch ganz folgsam. Soo. Braav!
Und dann fahren wir weiter.
So, und nun seid so gut -: Jetzt ist alles in Ordnung, jetzt laßt uns bitte mal normal und sinnig ein, zwei Stündchen fahren, ja?
Geht zu, machts euch bequem, bitte.
Sie seufzen mit leicht brummender Stimmgebung und legen sich nieder. Bella sogar, Rücken gegen die Bank, in Seitenlage. Und Julischka wenigstens Kinn auf Vorderpfoten.

Gott sei gelobt und gedankt - denke ich! Denn es auszusprechen, würde ich mich nicht getrauen. Erstens wären dann die Hündchen sofort wieder hoch. Und zweitens soll man den Gott nicht vor dem Abend loben.
So hoffe ich, er hat nicht gehört, daß ichs gedacht hab und gibt mir nicht nun erst recht einen auf die Kappe.
Sie sehen, ich bin ungeheuer abergläubisch. Vermutlich weil ich so ungeheuer gläubig bin.Denn Sie kennen ja wohl den hübschen Spruch

Glaube und Aberglaube sind
Freunde wie Flechte und Moos:
Je wo der eine an Boden gewinnt,
wird auch der andere groß.

Also lieber Gott, sei so gut, und habe bitte nicht gehört, wie zufrieden ich bin, daß die Hunde jetzt still liegen!
Endlich kann ich mich locker zurücksetzen, anlehnen, den Rücken entspannen, die linke Hand unverkrampft auf dem Lenkrad ruhen lassen.
Wir fahren.
In der Tat, jetzt eigentlich erst fahren wir wirklich. Und auch die Hunde, diese absolut blöden, bornierten, unintelligenten Kreaturen, scheinen nun endlich kapiert zu haben, daß weder mir noch ihnen jemand nach dem Leben trachtet.
Und dann wird der Wagen langsamer. Ich gebe etwas Gas. Er wird trotzdem langsamer. Ich gebe ordentlich Gas. Er reagiert nicht. Ich gehe in den Leerlauf und trete den Gashebel voll durch -: Nichts. Keine Reaktion. Vielmehr: Das Motorgeräusch ver-

stummt. Der Wagen rollt nur noch sachte vor sich hin.
Und wir befinden uns justament in einer ganz engen Rechtskurve, ohne Seitenbankette und mit Überholverbot.
Na schön.
Das wars dann also wohl.
Das war es dann wohl also.
So weit rechts ran, wie nur möglich. Aber wir stehen mit unserm extrem breiten Vehikel trotzdem noch voll auf der Fahrbahn.
Und es ist viel Verkehr heute vormittag.
Dreimaliger Anlaß-Versuch.
Nichts. Der Motor sagt keine Silbe.
Also Warnblinkanlage einschalten.
Die Hunde sind natürlich längst vorne, drängeln, quietschen, hecheln...
Bella ist wieder hochgestiegen, hält Ausschau. Sozusagen: Siehstewohl! Bittesehr! Wir habens dir gleich gesagt. Aber du wolltest ja nicht hören.
Ich ziehe den Kasten mit dem Warndreieck unterm Sitz vor, steige aus.
Riesengewinsel!
Meingottnochmal, Kinder, jetzt seid doch mal 'n Augenblick ruhig!
Ruhe jetzt!
Bitte!
Ich bin gleich wieder da.
Leise und nachdrücklich schließe ich die Tür. Bella blefft einmal kurz hellauf.
Ich gehe dreißig Meter zurück, stelle das Warndreieck auf, gehe wieder zum Wagen.

Vermutlich müssen die Hündchen ja jetzt wirklich mal pinkeln - wegen all der Aufregung. Aber hier, an dieser Stelle?
Naja, aber bevor sie die Notdurft im Wagen übermannt,…
Also dann kommt.
Sie dödeln und strawöhlen unkonzentriert im Straßengraben umher, wollen wieder auf die Fahrbahn, werden zur Ordnung gerufen, schnuppern, suchen, rätseln herum, ohne einen vernünftigen Vorsatz; trippeln, kucken, machen Fragegesichter, stoßen sich gegenseitig an, sozusagen mit unglücklichem Grinsen, essen ein paar nette Grashalme, kucken wieder - aber von Pinkeln ist keine Rede.
Da bin ich an der Reihe, zu seufzen. (Dachten Sie: zu pinkeln? Ja, das eigentlich auch; aber hier, in dieser Kurve und bei dem Verkehr, da trau ich mich nun wirklich nicht.) Aber seufzen trau ich mich.
Also gut, dann kommt wieder rein.
Und drinnen sitzen wir; und es riecht nach nassen Pfoten; und ich denke eine halbe Minute nach: Ich könnte ja den Motor aufmachen. (Unser Wagen ist, wie gesagt, uralt: ein Modell, bei dem der Motor nur von innen, von der Fahrerkabine aus, zugänglich ist. Man muß einen riesigen, glockenförmigen Deckel abheben, der ein Drittel Kabinengröße hat, der also, wenn man was arbeiten will, nach draußen gesetzt werden muß - und dann erst hat man den Motor vor sich.) Ich könnte ja also aufmachen und könnte versuchen, mit der Handpumpe ein bißchen Treibstoff hochzusaugen und nochmal probieren, ob der Wagen anspringt. Ja, ich könnte. Aber mit diesen völ-

lig durchgedrehten Hunden? Nun auch noch so eine Aktion? Das gibt doch einen Riesenklamauk. Und dann springt der Motor doch nicht an?… Oder er springt an, ich mache umständlich wieder zu, wir fahren, und dann bleibt er nach zehn Metern doch wieder stehn?…
Nee. Das nun nicht.Der Aufwand lohnt nicht. Da stehts siebzig zu dreißig, daß das nichts bringt. Also: Jetzt bitt ich euch, ihr Hündchen: Seid verständig, und haltet euch ruhig. Ich werde aussteigen und dem nächstbesten Auto Halt zuwinken und bitten, daß man einen Abschleppdienst benachrichtigt.
Glück im Unglück: Es dauert garnicht so lange, da hält wirklich einer. Ein Besserer Herr in einem großen, dunkelblauen Ford. Er öffnet das Fenster; ich trage ihm meine Bitte vor:
Würden sie wohl die Freundlichkeit haben, vom nächsten Dorf, von der nächsten Tankstelle oder Kraftfahrzeug-Werkstatt aus einen Abschleppdienst zu benachrichtigen?…
Und ich drücke ihm vier Markstücke in die Hand, damit er eventuell telefonieren kann.
Erst will er nicht annehmen. Aber als ich einfach mit Verbeugung vom Wagen zurücktrete und ihm quasi „Besten Dank und tjüß“ zuwinke, nimmt er und braust davon.
Und ich steige wieder ein, in mein Gefährt. Und die Hunde hecheln. Und so sitzen wir denn. Und schauen vor uns hin und denken nach. Haben nun „Vorzeichen“ etwa zu bedeuten?
Und, wenn ja, was?
Naja, zu bedeuten haben sie freilich was. Schon ge-

mäß Voraussetzung. Denn sonst wären es ja keine Zeichen.
Die Frage muß also lauten: *Gibt* es (in dem von uns gedachten Sinne) Vorzeichen? Und, wenn ja, was zeichnen sie vor?

***

Nun ja, und während wir so dasaßen - gewiß, so vorschriftsmäßig, wie in dieser Situation nur möglich: Ganz rechts und mit Warndreieck und Blinkanlage - aber, wie gesagt, in einer sehr engen, unübersichtlichen Rechtskurve -: Da geschah es dann halt, was Sie aus der Zeitungsnotiz bereits wissen und wovon man hernach gern leicht sagt: Das mußte ja so kommen. Ja, es geschah.
Es konnte geschehen - einfach nur, weil ich losgefahren war
UND DOCH NICHT HÄTTE LOSFAHREN SOLLEN
sagen jetzt die einen -
UND AUCH LOSFAHREN MUßTE,
sagen die anderen.
Und nun, wo ich mittlerweile wieder zu Hause bin und immer noch Muße habe, darüber nachzudenken, denke ich darüber nach, wer von beiden recht hat.
Sie meinen natürlich salomonisch: alle beide.
Aber wäre das nicht zu einfach? Mit Worten beiden rechtgeben, aber in der Tat sich nur für eines entscheiden können?

Zu einfach nach außen; und innerlich schlicht unwahrhaftig. Cordula meint: Wenn du mir das erzählt hättest mit der Kopfprellung und dem Vogel, ich hätte bestimmt gesagt: Komm, laß uns hierbleiben. Laß uns Helmut anrufen und sagen: Wir können nicht - aus irgend einem Grunde.

Ja, aber aus welchem denn, bitte? Soll ich Helmut vielleicht auch was von Kopfnuß und Vogel vorfaseln? Der denkt doch, wir haben sie nicht mehr alle!

Nein, das wäre natürlich nicht gegangen. Und man hätte sich irgend einen anderen Grund ausgedacht. Denn das wäre ja doch gelacht, wenn man eine Ausflucht suchte und keine fände! Man hätte eine gefunden. Verlaßt euch drauf. Wahrscheinlich sogar eine, die ein winziges Körnlein Wahrheit enthalten hätte. Und das Übrige, das Scheinbare, nicht ganz Wahre, das hätte man halt als Preis für die Unfallverhütung mit in Kauf genommen.

Was?

Unaufrichtig sein, nur um einen möglicherweise eintretenden Unfall zu vermeiden?

Nur? Was heißt da: nur? Wäre der Preis etwa zu hoch gewesen? Bei einigen Zigtausend tödlichen Verkehrsunfällen alljährlich in Deutschland?

Allerdings, mein Freund! Er wäre mir zu hoch gewesen. Dann hätte ich eben Helmut anrufen müssen und sagen: Du, hör mal, verzeih mir bitte, aber ich habe so ungute Ahnungen, so ein ungutes Gefühl…

Und man hätte dann lieber das andere in Kauf genommen: daß Helmut sich im Stillen an die Stirn getippt hätte und daß die gepriesene jahrzehntealte

Geistesverwandtschaft einer harten Probe unterworfen worden wäre.
Aber das sind ja nun nachträgliche Spekulationen. Tatsache ist: Wir fuhren. Mit gutem Gewissen und schlechtem Vorgefühl. Vielleicht, weil ich zu feige war, auf das Gefühl Rücksicht zu nehmen (siehe oben: Man kann ganz schön auf den Bauch fallen.)

Vielleicht, liebe Damen und Herren, aber auch aus einem ganz anderen Beweggrund:
Ich hatte zwei Widerfahrnisse empfangen: eine Kopfprellung und einen toten Vogel. Zwei Ereignisse, die mich nachdenklich stimmten, die mir unangenehm waren, die mir „wie“ „Vorzeichen“ erschienen, um nicht zu sagen: „als“ „Vorzeichen“. Dabei gestehe ich: Ich weiß nicht, wie ich „solche“ „Vorzeichen“ definieren soll und ob es sie „gibt“. Einerlei. Ich empfand, ich fühlte so etwas - in dieser Richtung. Eine Ahnung, ein Mißbehagen. „Hinweis“ zu sagen oder „Vorahnung“, das wäre schon zu anspruchsvoll, zu direkt, zu präzis. Es würde die Ratio beanspruchen. Diese Zeichen aber waren nicht rational.
Ja, nun weiter! denken Sie. Das wissen wir ja schon alles. Gut. Weiter: Diese Vorzeichen, meine Damen und Herren, haben mich gewarnt UND haben mich verlockt. Ja, vielmehr noch: Sie haben mich geradezu bestimmt, fast möchte ich sagen: gezwungen und ermuntert zu fahren; sie „sagten“ mir - wenn ich mal versuchen darf, das in Worte zu kleiden: Irgendwas wird möglicherweise schief gehen, mein Lieber. Also. Bitte, sei auf alles gefaßt. Und nun fahr aber

auch. Du weißt jetzt bescheid. Du brauchst dich nicht gehen zu lassen. Du mußt nur gehn.

***

Inzwischen schrieb übrigens Helmut. Enttäuscht und traurig - verständlicherweise. Aber nicht nur. Auch sehr einfühlsam. Zum Beispiel stellte er meines Erachtens eine sehr wichtige und interessante Frage:
Würdest Du rückblickend vielleicht sogar sagen: Es hat sich gelohnt, daß ich gefahren bin? Ich habe die und die neue Erfahrung gemacht, die mir sonst vorenthalten geblieben wäre?
Die Antwort lautet: Genau so ist es.

DER LIEBE GOTT VON GAESMERN

Auf der Fahrt von München nordwärts waren mir runde drei Stunden durch eine Autobahn-Sperrung (wegen Unfalls) verlorengegangen. So etwas kostet bekanntlich Kraft. Ab Frankfurt regnete es dann kontinuierlich, so daß man nicht allein nur mit Zweidrittelkraft fuhr, sonderlich obendrein trübsinnig wurde. Endlich kam ich - immer noch bei Regen - in dieses entsetzliche Nest Bad Wildungen, das so närrisch von Einbahnstraßen und Engstellen durchsetzt ist, daß ich mit meinem unbeholfenem Wagen Mühe hatte, das Haus in der Winterhoffstraße zu finden. Und als ich es endlich entdeckt und im abendlichen Lichtergeflimmer einen zulässigen Parkplatz erwischt und im Haus, schwer schnaubend, die dritte Etage erreicht hatte, erfuhr ich von einer unfreundlichen Dame, der alte Kollege, den ich hatte besuchen wollen, sei bereits vor einer Woche gestorben.

Soso? Ich hätte keine Todesanzeige erhalten? Nun, dann habe ich halt nicht zum näheren Bekanntenkreis gehört.

Ich erwiderte nichts darauf. Daß ich eine Anzeige garnicht erhalten haben *konnte*, weil ich bereits vor vierzehn Tagen von zu Hause weggefahrenn war, ging diese Person nichts mehr an; und ich drehte mich um. Bedaure Sie gestört zu haben. Guten Abend.

Als ich wieder im Wagen saß, spürte ich, wie müde ich war. Indessen, hier in der Stadt konnte und wollte ich keinesfalls bleiben. (Unser alter Caravan besitzt nämlich weder ein Camping-WC noch eine Dusch-Zelle. Erstere Funktion übernimmt eine schlichte Fußbodenklappe am Heck. Das bedeutet: Zu diesem Behufe sollte man tunlichst mit dem Achtersteven über Gras, Unkraut oder Straßengraben halten. Und was das Duschen betrifft, so gibt es auf dem Wagendach einen Wasserbehälter mit Schlauch. In aller Frühe, wenn andre Menschen noch schlafen, beliebe ich nackt neben dem Auto zu stehen, um mich naß-kalt

ein- und wieder ab-zu-seifen. Hinaus also aus Wildungen, gen Osten, Richtung Wabern und Autobahn Kassel. Irgendwo auf diesem Straßenstück wird wohl ein Plätzchen sein, an dem ich die Nacht verbringen kann.

Es regnet immer noch. Die Scheinwerfer der entgegenkommenden Fahrzeuge blenden. Die Tropfen und Wischer-Schlieren auf der eigenen Windschutzscheibe brechen, beugen, vervielfachen das Licht zu einem quälenden, sprühenden Feuerwerk, das in den Augen gleichsam ein fortwährend an- und abschwellendes Kreischen hervorruft. Die Straße ist eng, kurvenreich holperig und führt häufig durch Wald: Rehwechsel-Gefahr!

Wenn nur endlich mal ein Parkschild käme!

Da! schimmert ein blauer Reflex! Oh Glück!

Schon mal etwas langsamer fahren...

Irrtum!

Es war nur ein Hinweisschild auf das hiesige Wasserschutzgebiet. Ach ja, hier irgendwo fließt die Eder; vielleicht hängt das schon mit der Talsperre zusammen.

Beim nächsten blauen Schimmer ist es wieder nicht das Erwünschte sondern ein Halteverbot vor unübersichtlicher Kreuzung.
Ich fahre und fahre.
Und es regnet und regnet.
Kein Parkplatz.
Nach Zeitschätzung müßte ich schon bald an der Abzweigung nach Fritzlar sein.
Die Augen brennen. Von der Stirn über die Brauen spüre ich das charakteristische Schwerwerden: die Müdigkeit, die im nächsten Moment in die Lider absinkt und sie unweigerlich mit nach unten zieht.
Ich klopfe mir mal rechts, mal links mit der Faust auf den Oberschenkel, pfeife, singe, brülle laut vor mich hin. Aber ich merke: Es nützt nichts mehr. Ich muß schlafen oder zumindest halten und aussteigen, sonst lande ich gleich im Graben oder am nächsten Baum.
Da! Etwas Blaues!
Ach Gott. Wieder kein Parkplatz. Nummernschild einer Umleitung.
Also, Schluß jetzt. Ich werde Schritt fahren und einfach nach irgend einem kleinen Wald- oder Feldweg Ausschau halten, der rechtsab führt.
Wenigstens zehn Minuten Schlaf werd ich dort wohl ergattern.
Aber es führt auch nach fünf Kilometern im Ersten Gang kein noch so bescheidenes Wegelchen rechtsab. Stattdessen haben die Augendeckel schon ein paarmal bedenklich geklappt.
Der einzige Trost: Es hat aufgehört zu regnen. Wenigstens das.

Und dann... leuchtet zwar kein blaues, aber immerhin ein rotes Schild in der Ferne auf. Im Näherkommen: Hinweis für Linksabbieger: Unbeschrankter Bahnübergang. Also muß zumindest nach links etwas abzweigen, wenn schon nicht nach rechts.
Aha, die Baken: Drei, zwei, eins... Dann linkerhand das Warnkreuz. Also, einerlei jetzt, wohin diese Schotterstraße führt -: Linker Blinker - und ab von der Hauptstraße.
Schön ruhig den leichten Anstieg zum Bahndamm, sachte über die Schienen und drüben wieder gemächlich bergab.
Oh, wunderbar! Gleich hinter dem Bahnkörper beleuchten meine Scheinwerfer neben dem Weg eine Grünfläche ohne Einzäunung. Mag das nun eine Wiese sein, ein Stück Brachland, eine offene Koppel oder was auch immer -: Dort denke ich, werd ich die Nacht verbringen können.
Halten; aussteigen. Ein paar Schritte übers Gras gehn, ob der Boden vom Regen auch nicht so aufgeweicht ist, daß ich womöglich morgenfrüh Schwierigkeiten beim Anfahren habe. (Glücklicherweise besitzt mein Wagen zwar Front-, nur leider keinen Allrad-Antrieb.) Aber ich darf beruhigt sein: So massiv hat's hier offensichtlich nicht gegossen. Jedenfalls ist der Untergrund fest; und tief befriedigt steige ich wieder ein, verlasse den Schotterweg und fahre gleich im bequemen, großen Dreiviertelkreis durchs nasse Grün, um wieder, Nase vorn, in Richtung Weg und Bahnkörper stehn zu bleiben.
Gottseidank!
Tageskilometer ins Logbuch; Uhrzeit: 22,15 Uhr.

Ausgestiegen. Fahrertür abgeschlossen; und dann einen Augenblick draußen stehn, sich recken, den Kopf zurücklegen, ein paarmal tief atmen. Die Luft schmeckt wunderbar sauber: nacht- und regen-rein. Duft von Spätsommerkühle.

Die Wolkendecke hat schon viele weiß-schleierige Dünnstellen; dazwischen glänzt manchmal bläuliche Himmelstiefe. Irgendwo südöstlich, auf halber Höhe zwischen Horizont und Zenit wird sich bald der Mond blicken lassen. Ach schön! Wie gut, daß ich nicht mehr fahren muß!

Ich gehe nach hinten, ums Auto herum…

He! ruft jemand.

Der Schreck zieht mir bis in die Schulterblätter.

Das ist nicht besonders weit. Hätte ja auch bis zum Kreuzbein gehen können. Nein, das tut er nicht. Aber immerhin: Ein Schreck ist es schon.

Ich kanns nicht leugnen.

Und neben mir, im Blaudämmerdunkel steht ein langer, dürrer Mensch.

Grüß dich, Mann! Du kommst mir wirklich wie gerufen.

Oh, guten Abend! Das freut mich. Was kann ich denn für Sie tun?

Unerwartet heftig haut er mir seine knochige Hand auf die Schulter:

Möönsch, was heißt hier: Sie? Bist du 'n Scheiß-Spießbürger? Oder was? Ich hab gedacht, in sonem tollen Zigeunerwagen wird wohl'n vernünftiger Kerl drinsitzen - oder 'n paar vernünftige Leute. Aber doch keiner, der Sie sagt! - Also, ich heiße Michael.

Na schön, also - Michael - was hast du für'n Kum-

mer?
Kein Brot mehr, Mann! Und keine Piepen, was zu besorgen. Und mein Stoff ist auch so einigermaßen alle. Ich denke, du wirst mir helfen. - Komm, gehn wir erst mal in meine Burg!
Nö, nö, nu mal langsam! Ich möchte jetzt in meinen Wagen und schlafen! Ich bin kaputt. Brot kannst du kriegen; und Wurst und Käse auch. Aber dann geh ich erstmal schlafen. Und alles weitere sehn wir vielleicht morgen.
Er kuckt mich an, mit großen, feuchten Augen, aus tiefen, eckigen Höhlen.
Oder wirken die nur so, weil ihm, wie auf der Bühne, jetzt eben das volle Mondlicht schräg auf Wuschelhaar und Schläfe scheint?
Ich drehe mich um:
Wart mal 'n Augenblick! - und steige in den Wagen, und ziehe - unhöflich genug - die Tür hinter mir zu!
Ich knipse kein Licht im Wagen an.
Ich krame im Dunkeln die Sachen, die ich ihm geben will, aus dem Schrank und dem Kühlfach vor.
Ich schäme mich, aber ich habe Angst.
Der Schreck von eben hat die Angst hereingelassen.
Ich Feigling und Dummkopf!
Pfui Teufel, ich schäme mich!
Aber er riecht so sonderbar. Nicht nur streng und ungewaschen sondern auch fad und aus dem Mund nach Aceton und nicht nur nach Fusel. Natürlich ist er krank, denk ich mir; irgendwie süchtig natürlich; und weiß ich, wie sonst noch. Und er kuckt auch so merkwürdig.
Unheimlich.

Seine harte Liebkosung auf der linken Schulter spüre ich noch immer.
Gott, bin ich feig!

Au, Klasse! freut er sich, als ich wieder herauskomme. Hast du denn schon Abendbrot gegessen? Sonst können wir doch zusammen...
Nö, hab ich nicht. Aber möcht ich auch nicht. Ehrlich, du, ich möcht bloß noch schlafen. Ich bin rein kaputt vom Fahren.
Ach Quatsch, Mensch, komm doch mit in meine Burg! Komm! Wir machen uns das gemütlich. Ich mach meine letzte Buddel für dich auf. Hab ich seit drei Tagen aufgespart. Tokaier, sag ich dir! Aus 'nem stinkfeinen Raststätten-Automaten! - Komm mit, komm! Deine Kutsche kannst hier ruhig offen lassen. Klaut keiner.
Ach, laß mich in Ruhe! Nimm deinen Eßkram; aber laß mich in Ruhe. Ich möchte wirklich schlafen.
Naja. Denn nich. Mußt du selber wissen. - Also, besten Dank, und schlaf schön! Aber morgen früh kommst du mich besuchen! Hier, da vorn, zwanzig Schritt, gleich hinter den Bäumen, da ist mein Schloß.
Erst jetzt, beim genauen Hinschauen erkenne ich zwischen Bäumen und Buschwerk, am rechten Wegrand etwas wie einen Schuppen oder kleinen Heuschober. Da also haust er... Also so eine Art Obdachloser oder Aussteiger oder "seßhaft" gewordener Landstreicher.
Ja schön, ich seh's! Dann geh man hin! Und laß dir's gut schmecken. Gute Nacht!

Ja. Schlaf schön.
Er zieht mit langen, wippenden Schritten ab. Sein Oberkörper balanciert, tänzelt über den Beckengelenken.
Ich steige in meinen Wagen, verriegle die Tür.
Und dann…
weiß ich plötzlich, was ich will:
Ich werd mir jetzt - obzwar mit kaltem Wasser - einen starken Pulverkaffee anrühren. Der pflegt bei mir etwa nach einer Stunde zur Wirkung zu kommen. Also, den jetzt trinken und dann sofort schlafen legen. So werde ich etwa nach Mitternacht von selbst aufwachen und dann -: Leise ans Steuer, Start und - auf und davon. Gottseidank brauch ich ja nicht mehr zu wenden.

***

Ich warf mich in Kleidern auf die Bank. Mein "Schlachtplan" annulierte die Angst im Handumdrehen, und ich schlief, als läge ich auf dem Meeresgrund.
Irgendwann träumte ich:
Es war ein oder zwei Jahre nach dem Krieg. Das Gebäude der Städtischen Bühnen in unserer Kreisstadt wies zwar noch erhebliche Bombenschäden auf; aber das Dach war repariert, und man hatte eine Wiedereröffnungsfeier anberaumt. Es gab Mozarts "Entführung aus dem Serail".
Jetzt stand ein prächtig gekleideter Belmonte (gel-

bes Barett, gelbe, rotseiden unterlegte Puffärmel und Pluderhosen) lässig an die Palastmauer gelehnt, warf schmachtende Blicke hinauf, schlug die Laute und sang dazu: "Da kam ein junger Ritter heeer..." "Da kam ein junger Ritter heeer"
Ich wache auf.
Die Stimme singt wirklich!
Ich öffne die Augen: Draußen am Fenster flackert irgendwas... Ein kleines Flämmchen!
Mit einem Ruck bin ich hoch. Die Bettbank knarrt.
Na, endlich! ruft es von draußen; du hast aber schön geschlafen!
Der Dürre, Michael.
Ich schaue durchs beschlagene Plexiglas: Da steht er im klaren Mondlicht, eine Gitarre untern linken Arm geklemmt und in der rechten Hand eine brennende Kerze.
Um Gotteswillen! fährt es mir durch den Kopf, der Kerl hat sich vollgesoffen, und jetzt ist er fähig und steckt mein Auto in Brand (mein Tankstutzen ist nicht verschließbar!).
Augenblicklich ist die ganze Angst wieder da, und ich merke wütend, wie ich zittere.
Ich öffne die Tür und gehe raus. Schon steht er lachend neben mir. Und wie sein Atem nach Alkohol riecht!
Nun habe ich wirklich jede Flucht-Chance verspielt. Zwar, in diesem Moment lacht er. Aber Betrunkene sind unberechenbar. Beim mindesten Ärger kann ihre Heiterkeit in Bosheit umschlagen.
Sag mal, was machst du denn eigentlich mit 'ner offenen Flamme hier, bei meinem Auto? Es ist ja

wohl doch auch so hell genug, um was zu sehen.
Komm! sagt er mit furchtbar rauher Stimme; Komm, Brüderchen, wir feiern. Komm, ich hab heute Geburtstag. Oder Todestag. Ich weiß nicht genau. Jedenfalls war ich eine Siebenmonatsgeburt. Garnicht lebensfähig. Eigentlich wollten sie mich ins Klo schmeißen und die Plazenta großziehen. Haha, dann hätt ich heute wirklich Todestag gefeiert. Toll, was? Und so witzig, nicht? - Naja, ist egal. Mach nicht so'n doves Gesicht! - Komm, bei mir zu Haus ist's gemütlich!
Willst du nicht bitte jetzt zuerst mal diese dusselige Kerze ausblasen?!
Bist du verrückt? Jetzt schon? Mein Lebenslicht auspusten? - ne - ne, aber allen Ernstes -: *Noch* nicht!
Ich lasse jeden Gedanken an Widerstand fallen. Wer weiß, was der anrichtet, wenn ich nicht folgsam bin?! Wenn ich jetzt etwa versuchen würde wegzufahren -: Ich zweifle nicht, er würde sich quer vor's Auto schmeißen oder mir die Scheiben einschlagen. Und jetzt, hier draußen eine Handgreiflichkeit riskieren, das möcht ich erst recht nicht.
Komm, sagt er nochmal. Brauchst nicht abschließen. Hier wird nicht geklaut. Hab ich dir schon vorhin gesagt. - Hier, kannst meine Klampfe schleppen. Aber vorsichtig! Die ist wie meine Braut. Mit der geh ich schlafen, und wir heulen und lachen zusammen. Hier, nimm!
Ich fasse das kostbare Instrument um den Hals; daraufhin hält er seine Kerze mit beiden Händen und schreitet feierlich wie ein gerupfter Weihnachts-

engel vor mir her.
Der kleine Feldschuppen war vorzeiten recht solide gebaut worden; das überdimensionierte Gebälk bezeugt es. Alter, Holzwurm und Verwitterung haben ihn zwar windschief werden lassen; aber das Dach ist heil; jedenfalls schimmern die Ziegel lückenlos in der Mondfeuchte. Auch die niedrige Seitentür öffnet Michael ohne Schwierigkeit. Wir heben die Füße über den hohen Schwellbalken, erst er, danach ich; und dann bleibt er stehn und wartet, ob ich auch die Tür ordentlich hinter mir zuziehe. Jetzt, muß ich innerlich eingestehen, ist das Kerzenlicht dienlich, um doch wenigstens irgend etwas zu erkennen.
Wir befinden uns also sozusagen im Entree seines Schlosses: Fußboden: gestampfter Lehm, Wände: Balken und Bretter. Rechts ein Vorhang, aus Säcken zusammengenäht.
Er hält ihn etwas zur Seite:
Komm, weiter!
Er läßt mich vorgehen in einen Raum, der von drei Kerzen erleuchtet wird: der Haupt- und Mittelteil der Hütte. Traumhöhlenhaft wohnlich. Warmdunkelheller Mutterschoß.
Auch hier Lehmfußboden. Über den niedrigen Deckenbalken liegen spaltenfrei dicke, ungehobelte Bohlen; und die Bretter der Seitenwände sind mit Schilfrohrmattten bespannt - um der Schönheit willen und der Traulichkeit.
Die Mitte des Zimmers nimmt ein gewaltiger Holztisch ein, grob, fast plump, aber immerhin mit gehobelter Platte. Davor steht eine ebensolche Bank. Auf dem Tisch aber brennen in einer Kupferschale die

drei Kerzen.
Michael bläst nun seine aus, wartet, bis das Wachs nicht mehr fließt und legt sie auf ein Wandbord. Dann kommt er, nimmt mir die Gitarre ab, hängt sie ebenfalls an die Wand, und ich nehme jetzt erst richtig wahr, daß rings an den Wänden mehrere Arbeitstische mit diversen Gerätschaften angebracht sind. Hier erkenne ich einen Schraubstock und Tisch-Amboß, dort Schweiß- und Lötgerät, dann Stapel von Blechstücken und schließlich Papier-Rollen und -Blätter, Zirkel und Zeichengerät.
Er schaut mich an:
So, da staunst du, was? Tadellose Werkstatt, mein Lieber!
Allerdings! gebe ich zu; aber meine Stimme verbirgt nicht die innere Mißbilligung der offenen Flammenillumination inmitten lauter leichtentzündlicher Materialien.
Er überhört den Unterton - möglicherweise geflissentlich (was weiß ich, was in seinem berauschten Gehirn vorgeht?!).
Komm her, setz dich. Er zieht die Bank ein Stück vom Tisch ab.
Dein Brot undsoweiter hab ich schon alle. Aber was zu trinken ist noch da.
Du, vielen Dank!
Nimms nicht übel, aber ich möchte wirklich nichts trinken. Ich trinke praktisch nie Alkohol. Er macht mich müde. Und ich möchte ja bald weiterfahren.
Ach, weiterfahren, weiterfahren! Bist doch gerade erst gekommen. Ich denke, du bist mein Gast. Komm, setz dich erst mal. Also, du willst wirklich

nichts trinken?
Nein, wirklich nicht, vielen Dank.
Ich setze mich auf das eine Bankende.
Na gut, mußt du selber wissen. Aber ich nehm mir noch einen. Jetzt ist sie mal angebrochen, die Buddel; jetzt soll sie auch leer werden.
Er setzt sich auf die Bankmitte, füllt sein Glas, trinkt, stellt das Glas auf den Tisch, steht wieder auf, tuckt mir dreimal mit den Fingerspitzen auf die Schulter, grinst, als wolle er mir ein diebisches Geheimnis anvertrauen, schleudert mit dem Kopf - zum Zeichen, daß ich auch aufstehen soll:
Komm, komm, ich zeig dir erstmal, was ich so mache. Interessiert dich bestimmt.
Er zieht mich am Ärmel nach hinten hoch: Komm! - Ach so, Kerze!
Er nimmt die Kerze von vorhin wieder vom Wandbrett, entzündet sie an der Tischbeleuchtung, hält sie in der Linken, legt mir die Rechte auf den Rücken, will mich zu einem der Werktische führen. Ich bleibe erst einmal stehen:
Darf ich dich mal was fragen, Michael?
Na klar, immerzu!
Wieso hast du vorhin diese Kerze überhaupt ausgepustet? Du hast mir doch vorher irgend sowas von Lebenslicht vorgefaselt, gell?
Was heißt: vorgefaselt? Ich puste mein Lebenslicht aus und wieder an, wann *ich* will. Ist doch wohl mein gutes Recht, oder?
Kann man also ausgepustetes Leben auch wieder anpusten?
Klar doch! Hat doch sogar der Altmeister Jehova

vor etlichen Äonen schon gemacht. Na, und was der damals konnte, das sollte heute doch wohl jeder Depp beherrschen. Aber komm, ich will hier jetzt nicht rumquatschen; du sollst dir mal meine Sachen ankucken. - So, also hier siehst du die Wirkungsstätte eines lieben Freundes und Kupferstechers.
Vor uns liegen ungeordnet diverse Stichel, Meißel, Körner, kleinere und größere Hämmer, Blechscheren, Zangen und Dutzende unterschiedlichst geschnittener und gebogener Stücke von Kupferblech.
Das krieg ich alles kostenlos. Abfall. Geht sonst zum Schrotthändler. Aber ich hab 'ne gute Beziehung. Meine einzige gute Beziehung. Alle anderen sind perdu. Es sei denn, wir beide bilden 'ne neue.
Das überhöre ich nun geflissentlich.
Und was machst du nun mit diesem ganzen Metall?
Ja, hier, kannst kucken. Kannst ankucken: Bilder. Lebensbilder sozusagen. Oder Sterbebilder, wenn's dir lieber ist. Ansichtssache. Kannst sie dir ansehen, die Ansichtssache.
Er nimmt ein paar runde und elliptisch geformte Bleche mit sauber gebördelten Rändern vom Wandbrett, gibt sie mir in die Hand, hält mir die Kerze so, daß ich Einzelheiten erkennen kann - wobei ich allerdings zunächst ein starkes Zittern seiner Hand bemerke, das ihn selbst aber offensichtlich nicht stört. Vielmehr schaut er mir aufmerksam zu, wie ich schaue.
Und was ich schaue?
Ein Horror-Imago, ein Bacchanal winziger Scheußlichkeiten, in Kupfer gehauen, gestochen, gepunzt, gemeißelt, graviert: Magere, hohläugige Anthropoi-

den schlitzen undefinierbaren Wesen die Bäuche auf; bärtige Skelette stürzen sich auf fette Drachenvögel; gekrönte Krokodile erdolchen Fledermäuse; Schlangenmenschen stechen Menschenschlangen die Augen aus; dickleibige Priester halten Riesenmücken an einem Bein über's Opferfeuer; kleine nackte Embryonen mit oder ohne Nabelschnüre, mit oder ohne Plazenten reißen überdimensionale Weib- und Mann-Wesen in Stücke; Krähen und Krähenküken hacken auf Gesichtern beinloser Riesen herum... Gräßlichkeiten ohne Maß und ohne Ende. Zerstückelungen des Fleisches und der Seele ad infinitum.

Ich schaue - eine Platte nach der anderen. Dann schaue ich auf, in sein Gesicht: Soeben nur noch nehme ich wahr, daß es ernst ist, ernst, aufmerksam, sachlich, todestraurig; - aber dann grinst er schon:

Na, wie findst es?

Ich antworte nicht.

Mir graut nicht nur. Ich habe nicht nur Angst; mir ist nicht nur übel; nein, ich spüre -: Liebe.

Ich spüre eine Liebe, die mich hinreißt zu diesem Menschen, zu diesem hohläugigen, hohlwangigen Säufer, zu diesem obdachlosen Ungetüm, diesem verwahrlosten, goldnen Bruder der Nacht.

Ich lege die Bleche auf die Werkbank.

Gib mir mal die Kerze.

Er gibt sie mir.

Den freien Arm lege ich um seinen Nacken.

Er nähert sich, nähert sein Gesicht; legt seine Stirn an meine.

Ich streichle ihn.

Ach, Quatsch! sagt er und räuspert sich. Ist doch egal! Nicht so wichtig. Komm, trinken wir uns noch einen.
Moment! sage ich; vielleicht nochmal *einen* Moment! Ich möcht gern nochmal was fragen.
Na, was?
Wo bleibst denn du mit deinen ganzen Produkten? Verkaufst du die?
Dermaleinst, mein Lieber! Dermaleinst werden diese eschatologischen Miniaturen nicht nur Berühmtheit erlangen sondern auch ungeheure Preise auf dem Kunstmarkt erzielen. Dermaleinst...
Und jetzt?
Ooch, jetzt? - Da! Und er führt mich am Arm zu einer riesigen alten Schubkarre, wie unsre Großväter sie hatten (vorausgesetzt, sie waren muskelkräftige Bauern). Die Karre liegt gepackt voll mit seinen Bildern des Grauens: Schalen, Vasen, Untersetzer, Aschenbecher, Tabletts und immer wieder einfach: Bilder, mit Hängevorrichtung, als Wandschmuck gedacht. Wer hängt sich sowas an die Wand?
Nun komm, sagt er; ist doch egal. Und er nimmt mir die Kerze aus der Hand.
Komm! Ist egal!
Er zieht mich wieder an den Tisch, dreht den Korken aus der Flasche, gießt in sein Glas - aber es ist nur noch die Neige.
Er hält mir das Glas hin: Komm, trink was, Mann! Schlucks runter! Ist egal, sag ich dir! Nimms nicht so tragisch. Bist ja selbst alt genug; wirst es ja wissen: So ist eben das Leben.
Ich trinke einen Schluck, reiche ihm das Glas; er

leert es, stellt es ab, sieht mich an:
Woll'n wir 'n Stück spazierengehen? Mond scheint! Ich kann dir 'ne historische Stätte zeigen! Haste Lust?

***

Nein, weiß der Himmel, nein! Lust habe ich nicht. Aber ich spüre, daß ich sein Gefangener bin. Nicht äußerlich. Dieser Mensch wird mich nicht festhalten, wird mir nichts zuleide tun. Er wird niemandem etwas zuleide tun. - Aber innen hat er mich eingefangen.
Na gut, gehen wir ein Stück. - Aber mir ist kalt, du. Ich möcht meinen Mantel holen.
Dann hol deinen Mantel. Schön, daß du einen hast. - Und willst du vielleicht vorher noch pinkeln? Du hast so 'ne Gänsehaut auf den Armen.
Ja.
Dann wart ich an den Schienen.
Er läßt mich vorausgehen, bläst die Kerzen aus; und als ich zum Wagen stapfe, schließt er die Schuppentür und schlurft über den Kies zum Bahndamm.
Zweierlei fällt mir ein:
Erstens; daß ich jetzt mühelos wegfahren könnte - direkt an ihm vorbei; und daß mir das als die größte mögliche Dummheit und Gemeinheit erschiene.
Zweitens: die dusselige Geschichte von St. Georg, der seinen Mantel zerriß, um eine Hälfte einem Bettler zu geben. Warum hat er ihn eigentlich nicht *ganz*

verschenkt? Hatte er auch eine Gänsehaut?

Der Mond steht mittlerweile hoch; die ganze Himmelsglocke schimmert, fast wolkenfrei.
Ich hoffe, du hast gut gefrühstückt, sagt Michael; es geht ziemlich bergauf.
Ein vom Regen ausgewaschener, von Wurzelstrünken durchquerter Schleichpfad zwischen Gestrüpp und niedrigem Mischgehölz hindurch. Nicht nur ziemlich bergauf; steil bergauf!
Was willst du mir denn eigentlich zeigen?
Einen der Orte gewaltiger Menschenblödheit.
Ach, und dafür so 'ne Anstrengung?
Strengts dich also an.
Ich hab dir gestern schon gesagt: Ich bin kaputt, mein Lieber. Ich hab mich müde gefahren. Ich möchte eigentlich nur pennen. Und gegessen hab ich seit gestern mittag nichts.
Er bleibt stehn.
Hättst doch sagen können, Mensch! Hättst doch sagen können: Ich hab keine Lust! Ich schnapp nicht ein! Mir kannst alles vor'n Latz knallen. Also gut; lieber nicht weiter?
Vielleicht sagst du mir mal, was du mir eigentlich wirklich zeigen willst und wie lange wir noch zu gehen hätten.
Zu gehen? Drei Stunden ungefähr. Wär ein richtiger, schöner Nachtgang gewesen. Und früh hätten wir die Sonne hochkommen sehn -: Das Wichtigste, wenn man auch weiß, daß es nichts nützt.
Die Sonne also. Und wieso: Ort gewaltiger Blödheit?

Hör mal zu, mein Lieber: Weißt du garnicht, wo du dich hier befindest? Dir hätte doch schon längst was dämmern müssen.
Ich weiß nur: Irgendwo zwischen Wildungen und Fritzlar.
Genau. Aber näher an Fritzlar. Und was fällt dir zu Fritzlar ein?
Entschuldige bitte, aber im Augenblick garnichts.
Naja, ich weiß das ja wahrscheinlich auch nur rein zufällig, weil ich mal schwachsinnig genug war, Theologie zu studieren. - Aber jetzt erst mal: Willst du lieber umkehren?
Lieber schon.
Na gut. - Dann geh ich hier runterwärts vor dir; und dann erzähl ich dir, was ich dir zeigen wollte.
Wir steigen, stolpern, tapsen und rutschen also wieder bergab. Meine Oberschenkel sind lahm von der ungewohnten Belastung; meine Knie beginnen weich zu werden.
Kennst du Geismar? fragt Michael.
Hofgeismar kenn ich - dem Namen nach.
Nein, das ist was anderes. Ich meine: Geismar. Das ist ein Dörfchen hier, weiter in der Richtung, die wir eben gingen. Früher nannte man es Gaesmern. Es liegt an einem kleinen Fluß, der auch Elbe heißt - genau wie seine große Schwester. Und bei Gaesmern, auf der Elbe, da hatten die Hessen, die vor einigen zwölfhundert Jahren törichterweise dem Thor anhingen, einen Opferplatz für ihren Lieben Gott. So richtig ausführlich, mit Altar oder so und vor allem mit einer urgewaltigen, dicken Eiche: Thors Eiche. Oder Donars Eiche. Na, und nun weißt du

schon…
Ja. Bonifacius.
Genau. Der alte Schweinehund, den man den Apostel der Deutschen nennt. Aber siehst du, die Leute… Wieso waren die Leute auch so blöd? Wenn sie wirklich so blöd waren, zu meinen: Solange die Eiche steht, ist Thor oder Donar der richtige Gott, und wenn sie umkippt - dann eben nicht -: Wenn sie das wirklich dachten, dann hatten sie auch nix Besseres verdient als den Papst und seinen Jesus-Christus und alle Folgen. Genau wie die Baalspriester bei Elia. Genau wie Kain, der dachte: Wenn der Alte meinen Rauch nicht riechen mag, ist er mir nicht grün, hab ich also den falschen. Genau wie alle, die sagen: Wenn dies und das, dann Gott; wenn dies und das nicht, dann eben nicht Gott. Alle - bis mindestens Spinoza und Leibniz; ach, bis Teilhard de Chardin und Max Planck, oder Lieschen Müller und Otto Schulz. Die sich alle immer noch weismachen oder weismachen lassen, Gott, das ist ein Verdacht, den man belegen oder entkräften kann. Hat sich nichts geändert, ob du das Jahr 724 nimmst oder ein anderes, wo Menschen dawaren und sich was ein- und ausbrabbelten. - Naja, nu haben sie ihr Franziskanerkloster in Fritzlar. Laß sie selig werden damit.
Du, entschuldige, aber können wir mal 'n Augenblick Pause machen?
Klar! Ist dir nicht gut?
Er drehte sich nach mir um. Er hob die Hand; ich legte meine hinein. Er stützte mich. Ich streckte meine Knie durch, richtete mich auf, atmete tief, schaute in den Mond, schaute über die Baumwipfel

unter uns. Nicht allzu fern hörte man einen Zug fahren.
Danke, Michael, es geht wieder. Laß uns weitermarschieren.
Er drehte sich um, stieg bedächtig vor mir ab wie bisher; aber er sprach nicht mehr.

***

Als wir wieder unsern Bahnkörper überquerten, sagte ich:
Sei nicht bös, aber ich möchte jetzt gern weiterfahren.
Ich versteh dich. Ich bin nicht der richtige Typ für dich. Ich bin überhaupt für niemanden der richtige Typ. Aber keine Angst -: Meine Lebensgeschichte werd ich dir nicht auch noch auskotzen. Hab dich wahrscheinlich schon genug angeekelt.
Ich bin müde, sagte ich.
Klar. Aber vor allem möchtst du weg von mir. Ich weiß.
Er ging noch bis zum Wagen mit. Ich schloß die Fahrerkabine auf und öffnete die Tür.
Hast du eigentlich keinen Mantel?
Nöö, aber brauche ich auch nicht.
Ich zog meinen aus, hielt ihn ihm hin.
Ne, ne, laß man! Ich brauche keinen. Ich frier nicht so leicht.
Ich hängte ihm den Mantel über die Schultern. Er nahm ihn ab, gab ihn mir zurück.

Laß das, Mann! sagte er ärgerlich.
Na gut, seufzte ich, nahm den Mantel zurück, warf ihn auf den Beifahrersitz und reichte ihm stattdessen beide Hände.
Er nahm nur die rechte.
Ich wollte ihm die linke freundschaftlich auf die Schulter legen.
Ach, laß man. Ist schon gut. Danke fürs Zuhören. Und danke für das Essen. - Vergiß mich, damit dir nicht mehr schlecht ist!
Michael… sagte ich kleinlaut.
Ist schon gut, Mann! Keine Sorge! Keine Sorge um mich. Wenn's mir reicht -: Die paar Schritt zu den Geleisen schaff ich noch allemal. Und ich weiß, wann die Züge durchkommen. Der nächste jetzt um fünf Uhr vierunddreißig.
Mich vermißt keiner. - Aber dich vielleicht. Gute Fahrt!
Als ich den Motor startete, liefen mir Tränen über die Wangen.

ANGST - ZU WENIG UND ZU VIEL

Drei Tage, mehr Zeit hatte ich nicht: Freitag, Sonnabend, Sonntag; ein verlängertes Wochenende nannte man das damals. Meine Schwester lag bereits ein Weilchen im Krankenhaus; sie hatte Schwierigkeiten vonseiten ihrer Krampfadern bekommen: eine ausgedehnte Thrombophlebitis, um derentwillen man ihr blutgerinnungshemmende Medikamente gab. Der Behandlungserfolg ließ aber auf sich warten; und jetzt rief sie an, sie habe zum Überfluß noch eine Gürtelrose bekommen. Also entschloß ich mich kurzerhand sie zu besuchen; und um nicht an ein und demselben Tage hin und zurück zu müssen, fuhr ich im Wohnwagen. So brauchte ich aus der Tour keine Hetzjagd zu machen und war unabhängig von einer Hotelunterkunft. Je einen Tag rechnete ich für den Hin- und Rückweg und den Sonnabend zum Dortsein.

Aber am Freitagmorgen, wohl eine halbe Stunde eh ich abfahren wollte, klingelte es an der Wohnungstür, eine Patientin stand da und drängte mich, doch unbedingt noch ihren Mann zu besuchen, der konnte plötzlich nicht mehr sprechen. Freilich hätte ich den Besuch ablehnen können. Ohnehin war es eine Dreistigkeit, uns in der Privatwohnung zu behelligen; und den heutigen Notdienst hatte die Nachbarkollegin zu versehen. Aber wer lehnt schon ab, wenn er so dringlich, händeringend und tränenreich gebeten wird?! Die Bittstellerin war Anita G., eine notorische Alkoholikerin, die einem stets viele Malaisen verursachte - häufig auch außerhalb der Dienstzeiten, die aber den Vorzug hatte, grundsätzlich die Wahrheit zu sagen, mochte sie auch noch so betrunken sein. Ihre Angabe: "Horst kann plötzlich nicht mehr reden, er kriegt kein Wort mehr raus", war also gewiß als zutreffend, das heißt: als medizinisches Alarmsignal zu werten.

Ich drückte meine Fahrt-Pläne ins gedankliche Souterrain und fuhr nach K. Es war nicht vergeblich: Horst saß da, in einem totalen Stupor, vermutlich durch lokale Hirn-Mangeldurchblutung bedingt. Ich gab die übliche Sofort-Medikation, und als ich die Lage nicht mehr für bedrohlich hielt, bestellte ich einen Krankenwagen und verfrachtete ihn zum Landeskrankenhaus.

Alles in allem waren etwa zwei Stunden vergangen, als ich wieder zu Haus ankam, und es ging schon auf Mittag zu, als ich endlich im geliebten Wohnwagen saß.

Indessen, wie so oft, gesellte sich dem ersten Zwischenfall ein zweiter hinzu - und zwar eines jener schon erwähnten Male, bei denen dem Motor mitten auf der Autobahn der Keilriemen riß.

Diesmal geschah es irgendwo vor Kassel.

Ich merkte es erst, als das Kühlwasser kochte (der Ventilator lief ja nicht mehr mit). Und so konnte ich von Glück sagen, daß ich an diesem brutheißen Tag überhaupt noch aus eigener Kraft zur Werkstatt gelangte. Dort fand ich einen Andrang von Havaristen vor; und so waren denn weitere drei Stunden verstrichen, als ich endlich, spätabends, Kassel hinter mir ließ und südwärts fuhr, Richtung Fulda.

Heiß war es nun freilich nicht mehr, aber immer

noch sehr warm und vor allem fast unerträglich schwül. Schon um Sonnenuntergang hatte sich der Himmel im Westen grünlich-gelb bewölkt, vom Osten bis an den Zenit violett, grau und braunschwarz; und jetzt, wo es dunkel war, schien es, als hinge diese ganze kilometerdicke nasse Nachtwolkenschicht bis handbreit über Grund herunter, oder mindestens bis auf Höhe der abgeschlafften Hochspannungsdrähte.
Ich fühlte mich erschöpft von den letzten Arbeitstagen, von der heutigen unergiebigen Fahrt, von der lastenden Atmosphäre. So fuhr ich auf einen kleinen Parkplatz, hielt und gedachte ein Stündchen zu schlafen. Ich stieg aus, um erstmal zu pinkeln. Die Luft außerhalb der Fahrerkabine schien noch zähflüssiger und mühsamer zu atmen als drinnen. Und dabei schlafen?! Möglicherweise würde ich nur daliegen, schwitzen und mich ärgern, womöglich mich gar noch "erkälten"; aber gewiß nicht richtig "abschalten". Auch schien die Müdigkeit jetzt, nach dem kurzen Ausstieg schon fast verflogen; und so disziplinierte ich mich und fuhr weiter - mit nur einem sehnlichen Wunsch: nach einem gewaltigen reinigenden Gewitterregen.
Ich bekam ihn etwa auf halber Strecke zwischen Kassel und Fulda, am sogenannten Knüllgebirge. Dieses Gebirge besteht auf der Karte aus reichlich sechshundert Metern Höhe, für Autobahnbenutzer aus einer kleinen Handvoll Steigungs- und Gefällstrecken, vielleicht von bis zu acht Prozent. Und für mich bestand es zunächst einmal aus einigen völlig unerwarteten seitlichen Böen, deren erste den Wa-

gen mit solcher Gewalt ansprang, daß er nicht nur das linke Bein hob, sondern daß sie sein linkes vorderes Drehfenster aufpreßte und mit einem einzigen Wischer die Handschuhe, Papiertaschentücher, Sonnenbrille, Straßenkarte und Kekspackung - was alles in der Ablage seinen Platz gehabt hatte - rechts, vor dem Beifahrersitzt, auf die Fußmatte pustete.

Ich ließ alles da liegen, schloß die Fenster wieder und fuhr dankbar weiter - dankbar insonderheit für die gestiegene Hoffnung auf Luftverbesserung. Bis die nächsten Böen kamen, die den Wagen dermaßen beutelten, daß ich weitere Dankbarkeit hintanstellte und erst einmal in den Dritten Gang herunterschaltete.

Und dann - kam der Regen. Und der war wirklich das, was der Volksmund einen Wolkenbruch nennt. Er schüttete über alle Fenster und peitschte zugleich an den Seitenflächen und an der Windschutzscheibe Fontänen von unten herauf. Es prasselte, gischtete und klatschte. Tropfen zerplatzten zu Wasserstaub und verdichteten sich zu wirbelnden Rauchnebeln, die von den heißen Blechteilen des Wagens aufstiegen und sofort wieder zerblasen wurden -: ein phantastisches optisches Phänomen, das ich überhaupt nur deshalb sehen konnte, weil das Licht meiner Scheinwerfer vom herabstürzenden Wasservorhang fast vollständig reflektiert wurde. Die Sicht nach vorn, auf die Fahrbahn sank damit praktisch auf Null.

Ich fuhr rechts ran, auf den Nothaltestreifen und stellte den Motor ab. Es dröhnte, toste und brauste um mich herum; und selbst jetzt, im Stillstehen schüttelte der Sturm den Wagen wie bei einem Erdbeben. Das ganze Draußen gebärdete sich so ungemütlich, daß mir zum Bewußtsein kam, wie gemütlich ich hier drinnen im Trocknen saß.

Vier oder fünf leichtsinnige, lebensmüde Autoraser überholten mich langsam, langsam, fast im Schritt-Tempo; aber dann konnte man irgendwo vorn Schemen von roten Rücklichtern erkennen, die nicht mehr verloschen: auch sie waren also stehengeblieben. Man sah jetzt auch wirklich *nichts* mehr von der Fahrbahn.

Nun, solche massiven Schauer währen gewöhnlich nicht lang; und auch dieser Guß ebbte nach etwa zehn Minuten ab. Was aber nachblieb, war ein kräftiger Dauerregen. Ich versuchte trotzdem weiterzufahren. Es ging auch leidlich. Aber nun spürte ich alsbald wieder die brennenden Augen: Das vertraute Schlafbedürfnis meldete sich zurück.

Ich rief mich zur Vernunft: Es mußte ja nicht unbedingt noch heute abend einen Unfall geben. Also wurde halt nur noch bis zum nächsten Parkplatz gefahren und dann endgültig Nachtpause gemacht. Auch so würde ich morgen am frühen Vormittag noch bei Margarethe sein können.

Aber es kam wieder mal kein Parkplatz. Ich fuhr und fuhr - im schleichenden Ersten Gang; zahlreiche mutig gewordene, nun wassergewöhnte, fatalistische Schnellfahrer überholten mich. Ich kroch nur so dahin.

Und ich spürte, wie der Schlaf sich nahte.

Aber dann - kam - das Gewitter, das ersehnte!

Schon während meiner frühen Kindheit muß ich mir

oder muß meine Mutter mir die Neigung angeeignet haben, in Gewittern unvergleichlich selig zu schlafen. Meine christlich-frommen Eltern sangen oder zitierten des öfteren Verse aus Kirchenliedern. So gehört auch zu dem Erleben zahlreicher Sommer-Unwetter, wie es sie an meiner heimatlichen Küste gab, die Erinnerung an zwei Strophen aus dem dreihundert Jahre alten Lied "Nun laßt uns gehn und treten" von Nikolaus Selnecker:

"Denn wie von treuen Müttern
in schweren Ungewittern
die Kindlein hier auf Erden
mit Fleiß bewahret werden,
also auch und nicht minder
läßt Gott uns, seine Kinder,
wenn Angst und Trübsal blitzen,
in seinem Schoße sitzen."

Nota bene: *In* seinem Schoße, nicht nur obendrauf! Ein Mutter-Gott also; ein Menschlein-machender, Kindlein-bergender Gebärmutter-Schutz-Gott!
Kurzum: Ein uralt-eingewurzelter Reflex in mir begann seine imperative Wirksamkeit zu entfalten. Meine Lider wurden schwerer und schwerer. Ich blinzelte nur noch. Aber ich fuhr auch noch - im Schleichgang. Draußen tobte es. Blaues, violettes, gelbes Licht ließ für Sekundenbruchteile die Höhle aus fallenden Tropfen sichtbar werden, in der ich - scheinbar - stillstand. Dröhnen, Donnern und Krachen schien wie mit Knüppeln auf das Blechdach meiner Kabine dreinzuschlagen. Zwischendurch

drückten immer wieder schwere Böen den ganzen Wagen unlenkbar nach rechts oder links zur Seite, als sei er aus Papier.
Und ich fuhr. Und ich fuhr.
Ab und an leuchteten weißlich am rechten Fahrbahnrand die Betonpfosten mit den Kilometerzahlen auf: …62,2 …62,0 …61,8 …
Ich fuhr.
Es blitzte…
Es goß und dröhnte.
Und ich fuhr.
Und dann schlief ich ein.

***

Das getreue, trauliche Motorbrummen schob sanft die Türe zu zwischen bewußter und unbewußter Wahrnehmung; schloß sie - und hielt sie geschlossen, damit nur ja der Schlaf des Schläfers nicht gestört werde. Und all das Rauschen, Klappern und Pfeifen, das Schwanken im Wind und das violette oder rötliche Licht, das immer wieder die Augendeckel durchblitzte; und auch das scharfe, berstende Krachen, das dem Licht zu folgen pflegte -: All das erreichte die Seele wohl, aber es erweckte sie nicht.
Ich fuhr im Schlaf.
Und, verehrte Leserinnen und Leser, ich kann Sie nur bitten, mir Glauben zu schenken: Ich ruhte in einer so vollkommenen Geborgenheit, in einer so friedvoll-warmen Umhüllung, daß mir auch nun, wo

ich Ihnen dies berichte, kein zutreffenderer Vergleich einfällt als: Die Wohlbehaltenheit eines geliebten Embryos im Uterus: "Also auch und nicht minder... in seinem Schoße sitzen."
Was können doch erzieherische Maßnahmen für erstaunliches, unbeabsichtigtes und unabsehbares Heil und Unheil anrichten!
Ich fuhr und schlief bis beinahe zur Kilometermarke 48,2, und Sie werden sogleich erfahren, weshalb ich das noch so genau weiß.

***

Ich wurde nämlich wach. Schreckhaft. Und der Schreck kam möglicherweise dadurch zustande, daß ich scharf gebremst hatte. Oder bremste ich scharf, weil ich erschrak? Das weiß ich nicht.
Aber ich sah rot! Unmittelbar vor meinem Wagen vier helle rote Stoplichter. Ein knapper Meter war zwischen ihnen und mir. Ein schnittiges Sport-Cabriolet stand da im Regen.
So.
Handbremse anziehen; Warnblinkanlage einschalten; aussteigen!
Im gleichen Moment öffnete sich auch die Tür des Sportwagens vor mir, laut fluchend stieg ein hemdsärmeliger Mann aus, schaute vor seinen Wagen, und ich schaute mit.
Da lag ein blutiggequetschtes junges Wildschwein, das offenbar die Fahrbahn hatte passieren wollen.

(Sonderbar, nichtwahr, daß diese Tiere in der Jägersprache ausgerechnet Überläufer heißen.)
Der Mann war stinkwütend und versuchte, das kleine schwarzrote, zerrissene Ungeheuer mit dem Fuß vor seinem linken Vorderrad wegzuschieben, um weiterfahren zu können. Aber der kompakte borstige Leichnam lag nicht nur vor dem Rad sondern auch darunter. Und also mußte der Wagen erst ein wenig zurücksetzen, damit wir das Tier dann von der Fahrbahn bekamen. Also stieg ich in mein Fahrzeug, um ein Stück rückwärtszufahren, und er stieg in seins. Und es ging auch, ohne daß uns bei diesem Pladderregen jemand hinten drauf fuhr; und wir trafen uns neuerlich bei dem Kadaver. Und der Mann sagte:
Verfluchte Sauerei! Sind Sie auch schon durchnaß?
Und ich bejahte, denn an Schultern und Rücken spürte ich es bereits. Und wir schoben den kleinen toten Kerl gemeinsam mit den Füßen ganz nach rechts, aufs Gras. Und dann noch ein letzter Schubs - und er rollte in den Graben.
Und da lag er dann.
Und der Mann sagte:
Besten Dank auch!
Und wir setzten uns wieder ans Steuer, und ich wartete, bis er abgefahren wäre, denn er würde ohnehin schneller sein als ich…
Aber er fuhr nicht ab sondern stieg wieder aus.
Also auch ich.
Was ist?
Verdammter Scheißdreck! Meine Lenkung ist im Arsch! Diese verdammte Wildsau, diese gottverfluchte! (Ob er die Lenkung meinte oder die Wild-

sau, wußte ich nicht.)
Hab ich eben, beim Zurücksetzen noch garnicht gemerkt! Aber jedenfalls kann ich so nicht weiterfahren.
Und abermals brüllte er in den strömenden Regen:
Scheiße, verdammte!
Und fügte hinzu:
Und außerdem ist mir kotzübel. Ich glaub, das Lenkrad hat mir in die Magengrube gehauen.
Setzen Sie sich 'rein, in Ihren Wagen! sagte ich. Ich geh zum nächsten Notruf und besorg Ihnen den ADAC. Einverstanden?
Okay! Ja, wenn Sie das machen wollen…
Ich ging tapfer los, spürte, daß mein ganzer Rücken bereits naßkalt war und dachte bei mir: So ein Blödsinn! Weshalb geh ich eigentlich zu Fuß und fahre nicht das Stück?
Aber ich ging wacker weiter, denn ich wußte genau, warum: Ich wollte dem Mann nicht das Gefühl geben, ich führe weg und ließe ihn allein. Mein Wagen, mein ihn von rückwärts deckender Wagen mit der eingeschalteten Warnblinkanlage sollte ihm als schützendes Faustpfand bleiben. Er sollte sich wenigstens *etwas* geborgen fühlen können in dieser miesen Situation.
Ich hatte Glück: Nach vielleicht dreißig Metern schimmerte vor mir bereits der gelbe Pfahl der Notrufsäule; und, siehe da, es blitzte sogar wieder zweimal hinter einander, so daß ich die Standort-Angabe auf der Schutzklappe der Sprechkammer entziffern konnte: Kilometer 48,2. Und deshalb weiß ich es heute noch so genau, denn es donnerte

langanhaltend, als ich die Zahl durchsagte, und der Mann in der Straßenmeisterei verstand mich nicht, und ich mußte sie mehrmals wiederholen: 48,2! Jawohl, verstanden! hörte ich schließlich die Stimme; wir schicken Ihnen einen Abschleppwagen. Was ist das für ein Fahrzeug? Wie lautet das Kennzeichen?
Ach, ich Idiot! Beides hatte ich mir in der Plötzlichkeit nicht gemerkt. Die Angabe "Sportcabriolet" genügte nun weißgott nicht. Also, was blieb mir übrig? Ich erklärte das meinem Sprechpartner und gab halt als Identifikation mein eigenes Polizeiliches Kennzeichen an. Nun war es gut, daß ich den Wagen am Unfallort hatte stehen lassen. Denn zurückfahren - auf der Autobahn - das wäre, wie man weiß, unmöglich gewesen; das heißt: nicht nur streng strafbar sondern wegen des Eine-Richtung-Verkehrs auf jeder Fahrbahn auch mörderisch und selbstmörderisch zugleich.
Also ging ich, mittlerweile wirklich triefnaß und frierend, wieder zu meinem Havaristen zurück.
Der berichtete mir, er habe sich inzwischen zweimal tüchtig übergeben; aber jetzt fühle er sich besser; nur der Kopf tue ihm noch etwas weh. Möglicherweise hatte er doch eine Gehirnerschütterung davongetragen und nicht oder nicht nur eine Oberbauchprellung. Auch fror er übrigens jämmerlich, obwohl seine Kleidung nicht so sehr naß war, und so zündete ich in meinem Wagen die Heizung an, wir setzten uns ins Warme und hängten unsre Jacken zum Trocknen auf. Da gewann allmählich auch mein schockbleicher Weggenosse seine rosige Gesichts-

farbe zurück.
Nach etwa zwanzig Minuten kam der Abschleppwagen; ich wurde nicht länger gebraucht; wir verabschiedeten uns, und ich fuhr weiter - aber nur etwa einen halben Kilometer, denn dann kam ich an den lang ersehnten Parkplatz. Und nun - ohne Neigung zu weiteren Risiken - hielt ich an, stellte meine Heizung nochmal auf "Voll", baumelte Wäsche und Unterwäsche auf die Leine, trank einen Kräuterlikör und schlief einen seligen Schlaf.
Morgens schien die Sonne, und nach glücklich-vergnügter Fahrt kam ich um die Zeit des Zweiten Frühstücks bei Schwesterchen an.

***

Die Krampfaderentzündung machte kaum noch Beschwerden, die Gürtelrose umso mehr; und sie fragte natürlich, was ich in meiner Praxis denn in solchen Fällen tue. Ich nannte ihr alle mir bekannten einschlägigen Medikamente, vor allem natürlich das jetzt moderne und recht wirkungsvolle Vir-Acylin, und wir verglichen sie mit dem Therapiekonzept in ihrer Behandlungsakte. Dann fragte ich:
Sag mal, Margarethe, was hältst du eigentlich vom "Besprechen"? (Und ich dachte schmunzelnd im Stillen: Bei Goethe war's umgekehrt: Da fragte Margarethe den Faust: "Wie hältst du's mit der Religion?")
Sie erschrak fürchterlich und starrte mich an, als

sehe sie erstmalig, daß ich der leibhaftige Böse sei. ("Heinrich, mir graut vor dir!")
Das mit Heinrich sagte sie zwar nicht, aber sie hätte es leicht sagen können.
Um Gotteswillen! sagte sie; was redest du da?
Wieso "um Gotteswillen"? In Gottes Namen vielleicht, aber doch um deinetwillen. Du hast doch die Gürtelrose, nicht Gott.
Hör auf! sagte sie. Ich glaube, du bist verrückt! Wenn du nicht kirchlich bist - okay. Das wissen wir alle und haben uns nachgerade daran gewöhnt. Aber daß du als Arzt, als Naturwissenschaftler hier den Schamanen propagierst - nein, das geht ja denn doch wohl ein bißchen weit.
Angenommen, Schwesterherz, es wäre Schamanismus -: Was hast du gegen ihn einzuwenden? Was hilft, das hilft. Wenn man heilen möchte, ist nur *das* entscheidend.
Und willst du mir vielleicht weismachen, daß du auch deine Patienten mit Gürtelrosen zum Besprechen schickst?
"Schickst" wäre nicht korrekt. Aber ich habe es noch bei keinem versäumt zu fragen, was er vom Besprechen hält. Und wenn er "dran glaubt", frage ich weiter, ob er jemanden kennt, der's macht. Die meisten in unseren Dörfern kennen jemanden; und den übrigen nenn ich einen oder eine.
Wie bitte? Ehrlich? Du empfiehlst deine Patienten an einen Kurpfuscher?
Einen Besprecher beziehungsweise eine Besprecherin.
Das ist in dem Fall doch wohl dasselbe.

Oh nein! Er oder sie pfuscht ja nicht. Schon garnicht mir in die Kur. Wir arbeiten Hand in Hand. Wir wissen voneinander. Meine Besprecher sagen unsern Patienten: Nimm deine Medikamente und Salben weiter, die dir der Doktor verschrieben hat. Das, was ich mache, ist immer nur ein Versuch. Garantie gibt's nicht. - Und ich, ich sage den Leuten in etwa das gleiche. Und unsere Erfolge beziehungsweise die Erfolge meiner "Kurpfuscher" gehen hart an die hundert Prozent.
Was heißt "Erfolg" bei der Gürtelrose?
Daß die sichtbaren Bläschen und die akuten Schmerzen innerhalb von drei, spätestens nach sechs Tagen verschwunden sind; und vor allem, daß keine chronische Neuralgie oder Neuropathie zurückbleibt, also kein Dauerschmerz im Befalls-Bereich, der ja sonst mitunter Jahre und Jahrzehnte andauern kann.
Du lieber Himmel, sagte meine Schwester, Jahre und Jahrzehnte?
Aber dann schüttelte sie energisch den Kopf:
Nein! Trotz alledem: Nein. Ich finde das schlimm, daß du sowas machst. Daß du die Schulmedizin damit verleugnest, finde ich schon schlimm genug. Aber das geht mich nichts an. Daß du aber Gottes Geboten zuwiderhandelst, daß du Hexerei und Zauberei betreibst - oder zumindest tolerierst und sogar unterstützest, daß du also indirekt einen Pakt mit dem Teufel schließt -: Das finde ich schlimm. Und ich muß dir offen sagen: Das tut mir leid für unser gegenseitiges Verhältnis.
Die Tränen kamen ihr.

Ich war bekümert.
Aber Schwesterherz, ich...
Nein! Laß mich! Du brauchst keinen Verteidigungsversuch zu unternehmen! Mein Gott, wenn ich mir vorstelle, unsere Eltern lebten noch und wüßten dieses von ihrem Sohn, sie wären todunglücklich.
Und Margarethe wendete den Kopf zur Seite und schluchzte still in ihr Krankenhauskissen.
Mir tat das Herz weh.
Einmal weil ich meiner geliebten Schwester Kummer machte; und dabei hatte ich diese ganze Fahrt doch nur unternommen, um ihr etwas Trost, etwas Abwechslung, etwas Freude zu bringen. Denn Margarethe und ich haben, solange ich denken kann, in sehr innigem Geschwisterverhältnis gelebt. Und nun bringe ich ihr Kummer und Entsetzen, Entrüstung, ja Abscheu.
Betroffen macht mich aber ebensosehr die christliche Kleinkariertheit, ja, meines Erachtens echte geistige Beschränktheit, Unfreiheit, geradezu mittelalterliche Rückständigkeit, mit der sie argumentiert. Gewiß, auch das Glauben an "solche Dinge" wie das Besprechen kann man als mittelalterlich, frühheidnisch, abergläubisch und beschränkt betrachten - wie schließlich jedweden Glauben und Aberglauben. Nur - von meiner Schwester hatte ich so etwas nicht erwartet. Wenn sie mich ausgelacht hätte -: Das wäre gut gewesen. Ich hätte herzlich mitgelacht und gesagt: Bei dir würde es wohl kaum Erfolg haben; also, genieß deine Infusionen, Pillen und Salben, und hab Geduld. Aber ihre Angst vor Versündigung, Hexenwerk, Teufelspakt - die machten mich

betreten und betrübt. Ich wußte nicht, daß sie - bei all ihrer Lebensklugheit und intellektuellen Gescheitheit so - Verzeihung! - so dumm war. So dumm, so borniert, eingekistelt, zugenagelt, blind, angebunden - zumindest in dieser Hinsicht. So dumm, so voller sinnloser, grundloser Angst - wie ein Huhn, das vor einer Gummikatze davonrennt - und geradewegs vor ein Lastauto.

Gretchen, sagte ich so behutsam, wie ich konnte, Liebes, glaubst du denn wirklich, der Teufel könne stärker sein als Gott und könne mehr Macht über dich gewinnen? Bist du als Kind deines Gottes dir deiner Sache, deines Glaubens so wenig gewiß?

Sie wendete sich mit einem Ruck wieder zu mir und sagte streng:

Du, mein Lieber, Gott hat uns deutliche Verhaltensmaßregeln gegeben und unserer Experimentierlust durchaus Grenzen gesetzt. Und gemäß Bibel ist Zauberei untersagt, und solche zwielichtigen Heilmethoden sind Mißbrauch des Namens Gottes!

Ach? Sind sie das wirklich? Hat nicht Jesus seine Jünger geradezu animiert, in seinem Namen Wunder zu tun?

Das ist etwas anderes. Wir dürfen wohl für eine Heilung beten; das heißt aber nicht, die Krankheit mit halbundhalb-heidnisch-christlichen Zaubersprüchen hinwegeskamotieren zu wollen! Auch die Leiden dieser Welt, liebes Brüderchen, sind uns ja vom HErrn auferlegt und haben ihren Sinn!

Gretchen, mein Schwesterherz, darf ich dich etwas fragen?

Frag, wenn es sein muß! Aber habe nicht mehr die

Dreistigkeit, mir gotteslästerliche Vorschläge zu machen!
Gut. Ich frage: Erinnerst du dich noch an Mutters Mutter?
Natürlich! Was soll die Frage?
War sie - gemäß deiner Erinnerung - eine christliche Frau?
Aber wieso fragst du sowas? Sie war - das weißt du genauso gut wie ich - zumindest *das* christliche Vorbild für die ganze Familie.
Richtig. Sie war fromm, gottesfürchtig, unerschütterlich in ihrem Vertrauen darauf, daß alles richtig sei, was Gott tue und geschehen lasse und sie war eine aktive, eine tätige Christin. Sie lebte ihren Glauben; das heißt: Sie sprach nicht nur, wie sie dachte, sondern sie handelte auch so, wie sie dachte und sprach.
Ja, genau. Und nun?
Ja, und nun! Weiß du, daß Großmutter uns Kinder, zumindest mich, einige Male "besprochen" hat?
Wie bitte? Du bist ja wohl nicht recht bei Trost!
Ich bin bei Trost. Und ich hoffe sogar, auch dich noch trösten zu können.
Also, jetzt bin ich aber wirklich gespannt.
Nun schön. Ich fange ganz klein an: Wo wohnte Großmutter?
Mensch, mach's nicht so spannend! In Hocksdorf.
Genau. In dem Nestchen Hocksdorf, droben am Haff. Und das Nachbardorf, eben durch'n Wald, hieß Gehrum, nichtwahr?
Ja, gut. Und?
Und dann gab es, nach Osten, an den zwei Seen

entlang, noch Överdieck und nach Norden, zur Küste hin, Unterweil.
Ja, alles klar. Und meinst du jetzt vielleicht den Kinderreim, den Großmutter immer sang?
Allerdings, genau den. Der hieß, wie du weißt, auf plattdeutsch:
Hochsdörp, Corpsdörp, Gehrum. -
Krank un Weidag, kehr um!
Överdieck un Unnerweil -:
Kiek, nu is uns Lütt all heil.

Und gesungen wurde das auf die schlichte Melodie:

Also, scheußlich, auf hochdeutsch ungefähr:

Hocksdorf, Corpsdorf, Gehrum. -
Schmerz und Krankheit, kehr um!
Överdieck und Unterweil -:
Schau, mein Kleinchen ist schon heil.

So, und dir hat sie das Sprüchlein also offensichtlich auch mal gesungen.
Ja, natürlich! Uns allen doch! Das gehörte doch dazu, wenn wir irgendwas hatten.
Vortrefflich! Genau so verhielt es sich. Wir waren beispielsweise arg gestürzt, die Knie waren blutig geschürft -: Wenn Großmutter in der Nähe war, liefen wir hin, sie nahm uns in den Arm oder sogar auf

den Schoß, blies mitunter wohl auch auf die schmerzende Stelle oder legte behutsam die Hand drauf, und dann sang sie alsbald - fast unfehlbar - unser Verschen.

Ja, aber nun bitt' ich dich!...

Moment!

Ja, aber ich bitte dich, das hat doch mit deinem Besprechen nichts zu tun! Das war doch total scherzhaft! Überhaupt keine Spur ernst gemeint!

Gewiß war es scherzhaft. Es war eine Parodie, eine Verballhornung der alten heidnischen Besprechungs- und Beschwörungsformeln, die ja dort noch völlig alltäglich und bei jedermann im Schwange waren. Es *war* scherzhaft. Aber nicht *nur*, nicht total, wie du sagst.

Nein, das lehn' ich ab. Es hat mit deinem Besprechen nichts zu tun!

Aber bitte, hat es dir denn etwa nicht geholfen? Mir schon! Immer! Ganz zuverlässig.

Geholfen? Naja... *Was* hat geholfen? Großmutters Liebe und Zuneigung und Fürsorge.

Allerdings! Und ihr Pusten und ihr Streicheln und das Liedchen. Das waren die Vehikel, die Transportmittel, die Übertragungs-"Substanzen" der Heilkräfte.

Hm, sagte Margarete.

Dann nochmal: Hm.

Und dann: Hm, hätt ich eigentlich nicht gedacht von Goßmutter. Aber... Ich kann mir nicht vorstellen, daß ihr das bewußt gewesen sein sollte.

Ganz sicher nicht. Es wäre ihr als fürchterliche Versündigung erschienen. Aber sollte es einen Gott ge-

ben, der an die christliche Dogmatik so festgenagelt ist wie sein Sohn ans Kreuz, wird er ihr ganz gewiß vergeben, denn sie wußte nicht, was sie tat.
Maragarethe wiederholte ihr dreimaliges Hm und meinte dann, nein, eigentlich… so recht könne sie das Ganze doch noch nicht schlucken. Großmutter mit heidnischen Zauberformeln?… Nein…
Nein, nein, Schwesterherz, nicht mit heidnischen! Mit christlichen!
Wieso das denn?
Ist dir noch nie aufgefallen, daß die erste Zeile der Strophe vermuckt viel Ähnlichkeit hat mit HOC EST CORPUS MEUM? - Hochsdorf, Corpsdorf, Gehrum. Wobei zu vermerken ist: Hocksdorf und Gehrum gibt's da wirklich, aber Corpsdorf - das ist einfach dazugemacht, frei erfunden. Und wenn nicht eine Ähnlichkeit mit CORPUS beabsichtigt gewesen wäre, hätte zum Beispiel ein ausgedachtes Kocks- oder Cocksdorf viel näher gelegen.
Lieber Gott! seufzte Margarete.
Ja, allerdings: Lieber Gott! Wie heißt es doch so schön in dem bekannten Choral
"Befiehl du deine Wege"?

"Weg hast du allerwegen,
an Mitteln fehlt dir's nicht, …
wenn du, was deinen Kindern
ersprießlich ist, willst tun."

Er, der liebe, Liebe Gott, hat die Mittel, und er nutzt sie. Und der Erfolg entscheidet. Und "Kiek, nu is uns Lütt all heil!"

Nein, also entschuldige, Brüderchen, ich weiß nicht, geschluckt habe ich deine Worte ja nun vielleicht. Aber verdaut noch nicht. Das geht nicht so schnell. Was weiß ich denn, was Seinem Kinde Margarethe ersprießlich ist?!
Das, mein Herz, weißt du bei *keinem* Gebet im Voraus!
Trotzdem, ich bitte dich: Laß mich lieber zufrieden. Irgendwie spüre ich in allem doch mehr die Stimme des Versuchers. Ich habe... Verzeih, Brüderchen, aber du mußt mir das schon zugestehen: Ich hab einfach Angst.
Gewiß, dachte ich, also doch: "Heinrich, mir graut vor dir". Ich sagte: Ich gesteh's dir zu, Schwesterherz. Ich wollt ja auch nur fragen.
Ja, es ist gut. Versteh ich ja auch. Wahrscheinlich liebst du mich. Aber - ich hab einfach Angst.
Ja, Kinding, ich habe begriffen, und ich glaube auch dich zu verstehen. Also, verzeih mir bitte; ich wollte dich nicht beunruhigen. - Ich lasse mir deine Worte gesagt sein und werde über sie nachdenken. Und du, vergiß meinen Vorschlag! Ich hätt halt nur sehr gern gehabt, daß es dir recht bald besser geht.
Sie lächelte und streckte mir die Hand hin.
Ich nahm sie und streichelte sie. Da schloß sie die Augen. Und dann flüsterte sie:
Ich werde für dich beten.
Ja, tu das, Schwesterchen! Ich kann es bestimmt gebrauchen.
Und dann hatten wir noch ein paar Stunden voll Herzlichkeit und Übereinstimmung. Wir küßten uns zum Abschied, und sie sagte gerührt: Ich weiß ja

und getröste mich dessen, daß wir nicht nur Kinder des gleichen Elternpaares sind sondern auch ein uns desselben Himmlischen Vaters.
Darauf erwiderte ich nichts mehr, machte lediglich ein ergebenes Gesicht und ging. Obwohl ich mich nicht noch einmal umschaute (in unserer Familie ist das nicht üblich; wenn man geht, dann geht man), hatte ich doch das sichere Gefühl, sie blicke mit kritisch-wehmütig verschleierten Augen hinter mir her; und im Grunde wisse sie genau, daß wir den Abgrund zwischen unseren Anschauungen keineswegs zugeschüttet oder gar fest aufgefüllt hätten, sondern daß lediglich ein Tarnnetz darüberhin gespannt sei: die stille Übereinkunft, das Eigentliche zu verschweigen. Und eines Tages würde es geschehen, daß man entweder diese Oberflächenkaschierung vergäße und mit vollem Gewicht in die Schlucht hineinstürzte, oder aber man werde die Spaltung nicht mehr ertragen, die Tarnung wegreißen und mit der längst überfälligen Aufarbeitung und Ausarbeitung des argumentativen Füllmaterials beginnen. Das würde viel Zeit und viel Kraft kosten. Vielleicht… Eines fernen Tages… Falls wir es erleben sollten. Denn wir sind ja beide auch nicht mehr fünfundzwanzig!

***

Die Heimfahrt am folgenden Sonntag verlief ohne Zwischenfall; und Montag früh telefonierte ich mit

dem alten Schmidtke:
Schmidtkenvadder, seid Ihr selber am Apparat?
Ja, bin ich, Dokterchen; was habt Ihr für Kummer?
Schmidtkenvadder, meine Schwester hat Gürtelrose. Aber sie mag nicht ans Besprechen glauben. Sie traut sich nicht. Sie ist gut christlich. An Vater, Sohn und Heiligen Geist glaubt sie ganz gut. Aber sie hat Angst vor Sünde. Und sie sagt: Auch unsere Leiden sind uns nicht ohne Sinn auferlegt.
Soso. Na denn gebt mir mal die genauen Daten von Eurer Schwester durch und wo der Krank bei ihr sitzt. Dann werd ich versuchen, was sich machen läßt. Aber, Dokterchen, ich tu das nur für Euch!
Nein, Schmidtkenvadder, so nicht! Das bin ich von Euch nicht gewöhnt. Bitte, tut es auch für meine Schwester. *Die* ist ja krank, nicht ich. Und soviel weiß ich doch, habt Ihr mir doch selber gesagt: Wenn Ihr nicht an den Patienten denkt, dann kann's auch nicht helfen.
Naja, naja, Dokterchen. Schon gut, schon gut. Ich weiß schon bescheid. Und ich denke doch, Ihr wißt auch bescheid. Schließlich, ich denke, wir kennen uns doch, nichtwahr?
Abends telefonierte ich mit Margarethe.
Du kannst dich trösten, sagte sie; kannst zufrieden sein, daß du ein ordentlicher Mediziner bist. Jetzt schlägt eure Chemotherapie doch spürbar an. Vorgestern, als du hier warst, fühlte ich mich wirklich elend, und gestern war es eigentlich auch noch keine Spur besser. Aber seit heute geht's bergauf. Schon beim Mittagessen, als die Schwester das Rolltischchen ans Bett schob und ich mich aufrichtete, merk-

te ich auf einmal, daß mir leichter war, daß die Schmerzen nachgelassen hatten.
Oh, das freut mich ja! Und beginnen denn die Bläschen auf der Haut jetzt auch abzutrocknen?
Das weiß ich selbst nicht ganz genau; hab noch nicht in den Spiegel gekuckt. Aber immerhin sagte die Stationsärztin bei der Visite: Na Gottseidank, nun hat das Vir-Acyclin wohl seine Wirkung entfaltet.
Das freut mich wirklich, Schwesterchen. Nur, dann hätte die Kollegin ja eigentlich "Vir-Acyclinseidank" sagen müssen und nicht ausgerechnet Gott sei Dank.
Fang nicht schon wieder an, sagte Margarethe. Du weißt ganz genau, daß es immer Gott ist, der hilft.

DIE SCHWESTER

Manche Geschichten ähneln gewissen Weinsorten: Frisch genossen, prickeln sie vielleicht auf der Zunge, aber sie sind säuerlich im Nachgeschmack, machen benommen und verursachen Kopfschmerzen. Erst wenn ausreichend Zeit verstrichen ist, stellt man mitunter fest, daß sie reif wurden.
So auch die folgende. Bei der merkte ich gestern abend - plötzlich und unerwartet -, daß sie genießbar geworden war. Wirklich: plötzlich und unerwartet; nicht etwa wie das Ableben eines Hundertjährigen.
Es war schon nach zehn, da klingelte das Telefon.
Wiebitte? Ich verstehe nicht. Wer ist da, bitte?
Ja, Sie haben ganz richtig verstanden. Du hast ganz richtig verstanden: Hier spricht Teneritas, Schwester Teneritas.
Mein Gott! Von wo rufst du denn an? Wo bist du?
Ich bin zu Hause, in meiner Wohnung. Und ich möchte dich zu allererst fragen: Bist du allein im Zimmer? Und: Hast du Zeit? Und: Bist du überhaupt geneigt, mit mir zu telefonieren?
Aber selbstverständlich! Alle drei Fragen: Glattes Ja!
Gut. Dann bitte, zwei weitere Fragen: Lebt Cordula noch, und bist du noch mit ihr verheiratet?
Beide Fragen: Glattes Ja.
So. Dann ist es gut. Dann möchte ich jetzt bitte zur Sache kommen.

Ja, bitte.
Lieber, heut jährt sich der Tag von Lindau zum

zehnten Mal. Du wirst vielleicht - oder gewiß - nicht daran gedacht haben. Aber ich habe seit damals buchstäblich jeden Tag und jeden Abend und in vielen Nächten daran gedacht. Und ich möchte dir sagen: Es war nicht recht, was ich getan hab. Vielleicht war es nicht recht, was *wir* getan haben. Das kann ich nicht beurteilen. Aber für mich war es nicht recht. Und es ist mir eine Last gewesen - die ganze Zeit hindurch. Es hat mich belastet, daß du um meinetwillen ein Geheimnis tragen mußtest. Aber vor allem, wenn ich an Cordula dachte -: Das war schlimm. Und darum bin ich froh, daß du noch mit ihr zusammen lebst. Dann magst du sie, wenn du willst, von diesem Anruf in Kenntnis setzen und magst ihr sagen, daß es mir leid ist und daß ich sie um Verzeihung bitte; sie und dich - euch beide.
Aber Tera, ich bitte dich!...
Bitte, laß mich noch etwas sprechen! Bitte! - Was ich damals sagte:
"Ich bin eine Frau; ich nehme mir, was ich brauche" -: Das war ein einziges Mal gesagt und ein einizges Mal getan. Es war nur, nur bei dir so, Lieber. Ich war, ich weiß nicht, vielleicht außer mir; Vielleicht auch nur dieses eine Mal wirklich ganz in mir, ganz ich selbst.
Aber was ich mir genommen habe, es war trotz allem gestohlen. Auch wenn niemand etwas vermißt, und auch wenn der Wächter und Verwalter des Schatzes mir gern alles überlassen hat. Gestohlen war's halt doch. Und es tut mir leid. Ich weiß, daß ich's wieder tät, wenn's wieder so wär. Und ich weiß doch, daß es Unrecht wär - wie es Unrecht war.

Tera, bitte, bevor du weitersprichst, eins: *Mich* hast *du* nicht belastet. Mich hast du beschenkt. Und das Geheimnis, das ich wohl zu tragen hatte, erschien mir nie als mehr, denn der angemessene Preis.
Nun, das ist schon sehr, sehr gut. Aber gönn mir trotzdem noch eine Frage. Ich weiß freilich nicht, ob du antworten *kannst* und ob du antworten magst. Aber fragen möcht ich: Wenn du Cordula jetzt alles erzählen würdest, meinst du, *sie* würde mich verdammen? Oder meinst du, sie würde mir verzeihen? Sag's bitte ehrlich, ja?
Tera, verdammen auf gar keinen Fall. Wenn ein Mensch etwas verzeihen kann, so täte sie das ganz gewiß. Ich vermute, sie würde dich am liebsten in die Arme schließen und sagen: Es ist alles vollkommen in Ordnung. Leb in Frieden, Schwesterherz!

***

Wenn Cordula wählen kann: Eisenbahnfahrt oder Wohnwagen, bevorzugt sie gewöhnlich die Bahn. Erstens hat sie da ein sichereres Gefühl; zweitens legt sie die Strecken schneller zurück, als es auf den verstopften deutschen Straßen möglich ist; drittens lernt sie unterwegs mal andere Leute kennen, hat nicht immer nur den ewigen Ehemann bei sich und viertens, ach überhaupt, es macht ihr einfach mehr Spaß.

Derweil tuckere ich per Wohnmobil höchst gemütlich von einem Rastort zum nächsten, mache lange Pausen mit ausgedehnten Spaziergängen, setze mich zwischendurch auch mal hin und male mir ein Bildchen; und zum vereinbarten Zeitpunkt, am vereinbarten Zielpunkt finden wir uns dann zusammen und genießen den dortigen Aufenthalt, je nach Gegebenheit, als Wander-, Besuchs-, Museums- oder Stadtbesichtigungs-Urlaub - und essen und schlafen gemeinsam kostengünstig und unabhängig in unserem rollenden Häuschen.
So geschah es auch diesmal; und anvisiert war die Gegend um den Bodensee. Treffpunkt Lindau, Restaurant "Zur blauen Traube", das einen geräumigen, teilweise grasbewachsenen Parkplatz bietet.
Ich hatte den Umweg übers Allgäu gewählt, um dort einen alten Freund zu besuchen; und jetzt kurvte ich in hochsommerlicher Nachmittagssonne die unebenen Serpentinensträßchen zwischen Kaufbeuren und Kempten entlang. Über dem Hügelland und der fernen Alpenkette lag leichter Dunst, nur wie hingehaucht und so gelinde, daß ich auf einem kleinen Parkplatz hielt, ausstieg und genußvoll diese Heuduft-Wärme atmete. Ach, man sollte versuchen, diese reiche, starke, sättigende Luft zu malen!
Ich stellte meine Feldstaffelei auf, holte Pinsel und Tubenkoffer vor, nahm auf meinem Hockerchen Platz und - bemerkte mit Verdruß, daß sich ein kleines rotes Auto verdächtig langsam näherte.
Freilich nicht so, wie Sie sich das jetzt vorstellen: mit singendem oder knatterndem Motor, der beim Herunterschalten aufheult oder dessen Bremsen auf

der Gefällstrecke quietschen. Nein, man hörte zunächst einmal überhaupt kein Geräusch und dann nur ein sanftes Knirschen auf Kies und Splitt, als das Wägelchen auf "meinem" Parkplatz einbog.
Nein, ich war ganz und gar nicht angetan von der Störung. Ich kann nur malen, wenn ich allein bin. Und wenn nämlich Leute in der Nähe sind, kommen sie meist auch recht rücksichtslos heran und wollen "nur mal eben zukucken".
Der Wagen blieb gute zehn Meter hinter meinem stehen. Ich sah mich kurz um; aber die Scheiben blendeten, ich konnte nicht erkennen, wer drinsaß; und da anscheinend auch niemand ausstieg, konnte ich mich wieder abwenden und ins Weite schauen. Umso besser, dachte ich natürlich; vielleicht würde der Fahrer nur eine kurze Pause machen, vielleicht etwas essen, ein Nickerchen tun und dann wieder starten. Aber dann klappte doch eine Autotür.
Klar, denken Sie, sonst würde er ja die Geschichte hier nicht erzählen. Richtig. Aber erstens handelte es sich nicht um einen Fahrer; und zweitens kamen nach den Augenblicken enttäuschter Hoffnung dann doch Schritte von hinten zu mir heran. Weibliche Schritte. Ich drehte mich um: Eine Nonne!
Entschuldigen Sie bitte, darf ich Sie mal stören?
Oh bittesehr! Sie tun es bereits.
Ja, Verzeihung! Wissen Sie nur vielleicht, wo die Leute von dem Wohnmobil dort sind? Ich habe angeklopft, aber keiner meldete sich.
Nein, denn die Leute sitzen hier, vor Ihnen.
Ach so! Oh, da freu ich mich aber sehr - wenn es mir auch leid tut.

Wie schön, daß Sie sich in erster Linie freuen, sagte ich und spürte mit Genugtuung den Ingrimm in meiner Stimme.
Dabei war ich eigentlich ganz vergnügt, in ein so hübsches, junges, wenngleich etwas trauriges Gesicht zu schauen.
Ich möchte Ihnen nämlich hier bereits erklären, daß derartige Menschen wie Nonnen, Diakonissen und ähnliche Zölibatsebae einen besonderen Reiz auf mich ausüben - zumindest solange sie sich noch im theoretisch geschlechtsaktiven Alter befinden: Kontakt mit ihnen zu haben vermittelt mir etwa das Gefühl einer Handgranate, deren Zündring bereits gezogen wurde: Jeden Augenblick kann sie einem in der Hand explodieren. Und dann - wer weiß, was es einem alles abreißt: Den Arm mal mindestens; vielleicht den Kopf gleich mit.
Also: Wie schön, daß Sie sich in erster Linie freuen!
Sie hörte den Unterton, und ein eben angedeutetes verbindlich-bittstellerisches Lächeln verschwand sofort aus ihrem Gesicht:
Verzeihen Sie bitte nochmals! Es tut mir sehr leid, Sie zu ärgern…
Da nun freilich vernahm ich in ihrer Stimme jene Schwingung, die bei mir unverzüglich harmonische Resonanz hervorruft.
Aber mein Auto ist nämlich kaputt; und ich wollte nur mal fragen, ob Sie vielleicht was von Technik verstehen. Wenn man mit so einem Fahrzeug unterwegs ist wie Sie,…
Ja, nichtwahr? Sollte man denken! Ist aber leider nicht der Fall, ehrwürdige Schwester.

Schwester Teneritas, sagte sie leise - und etwas lauter: Das "ehrwürdige" bitte ich sie wegzulassen.
Also gut, verehrte Schwester Teneritas. Leider verstehe ich nichts von Autos. Bei meinem eigenen vertrau ich immer dem Glück. Oder, wenn Sie's lieber hören, vertrau ich dem Lieben Gott. Aber bei fremden Autos… Da werden Sie sich denn wohl um einen Dritten bemühen müssen.
Um einen Vierten - wenn sie den Lieben Gott mitgezählt haben.
Ich schaute auf und empfing ihren Blick: Schalkhaft jetzt, flehentlich; untröstlich-unverwüstlich. Ein hinreißendes, süßes Gesicht. Die Wimpern der Oberlider dunkel, groß, wie von Tränen beschwert und an der Sonne getrocknet.
Gott, welch ein goldiges Geschöpf!
Gott, du Idiot, du sogenannter Lieber, warum nur, du Schwachkopf, läßt du deine glattesten, saftigsten Früchte so elendiglich verwelken und verschrumpeln?! Verdammt seist du, wenn du bei diesem lebensquellenden Exemplar nicht eine Ausnahme machst!
Ich legte meinen Zeichenstift weg, stand auf und verbeugte mich ein wenig: Nun, dannn dürfen wir uns vielleicht erstmal richtig begrüßen.
Sie reichte mir ihre Hand.
Die war so fein, der Druck so sanft-energisch, die Haut so eben gerade richtig zwischen warm und kühl, zwischen trocken und glatt, daß ich am liebsten ihre beiden Hände genommen und sie an mich gezogen hätte.
Sie werden jetzt denken: Ohlala, die muß ja wirklich

sehr attraktiv gewesen sein. Aber mit dieser Vokabel treffen Sie nur recht ungefähr. Gewiß, was mich angeht, ich bin leicht entzündlich - genau wie mein Vater und meines Vaters Väter es auch waren. Dieses (Nicht-)Mädchen, diese (Nicht-)Frau aber beschriebe man besser mit einem Attribut, das es früher mal in der deutschen Sprache anstelle von Attraktivität gab: Anmut. Oder vielleicht noch genauer: Liebreiz. Oder: eine Mischung von beiden.
Was hat's denn überhaupt Böses getan, ihr Wägelchen? frage ich, indem wir zu ihrem Auto gingen.
Wägelchen? Sie sah mich von seitlich unten herauf an. Wägelchen? Naja, Sie mit Ihrer Lokomotive dürfen das ja meinethalben sagen. Aber für gewöhnlich hör ich das nicht so gern. Es klingt so abfällig. Dabei ist es einer der kleinsten Wagen, die es auf dem deutschen Markt gibt.
Wir grinsten beide.
Und also, was macht er Böses?
Er hat einfach nicht mehr mitgespielt. In den letzten Tagen, als es so heiß war, sprang er schon immer schlecht an. Aber zu Haus in der Werkstatt sagten sie: Das macht nichts, das gibt sich von selber, wenn jetzt Herbst wird. Aber unterwegs hat der Motor angefangen zu blubbern; und eben zuletzt, vor ungefähr einem halben Kilometer ist er ganz stehengeblieben, und nur das Gefälle ließ mich noch weiterrollen. Ich hatte eigentlich sogar gehofft, ich käme noch bis Weizenried, das ist das nächste Dorf - obwohl das vielleicht ein bißchen riskant hätte werden können, denn das letzte Endchen vor dem Ort gehts wieder bergan. Und deswegen, als ich Sie hier auf

dem Parkplatz stehen sah - oder vielmehr: Ihren Wagen, hab ich gedacht: Das ist ein Zeichen! Nicht weiter! Und bin hier 'reingefahren. - Und außerdem stinkt er nach Benzin.
Ich erwiderte nichts; und ich möchte, was dann folgte, auch nur kurz erzählen. Mehrere Versuche, ihren Motor, der nun wieder abgekühlt war, neu anzulassen oder per Schlepp in Gang zu bringen, scheiterten. So standen wir und dachten nach. Es war ja Sonntag, und mithin hatte keine Werkstatt geöffnet. Man hätte also bestenfalls einen Abschleppdienst erreichen können.
Wo wollen Sie denn überhaupt jetzt eigentlich hin?
An den Bodensee. In Urlaub.
Ach? Gibts das bei Ihnen auch: Urlaub?
Oh ja! Ich bin Gemeindeschwester. Da steht mir Urlaub zu wie jedem anderen Arbeitnehmer im Öffentlichen Dienst.
Soso. Dann leben Sie also garnicht so weltabgewandt, wie ich dachte.
Sie musterte mich schelmisch-dreist.
Jedenfalls wollte ich in Urlaub an den Bodensee.
Nun gut. Und was tun wir nun also jetzt mit Ihrem Wagen?
Wenn Sie mir nach allem Bisherigen immer noch helfen wollen, dann bitte ich Sie: Fahren Sie mich ins nächste Dorf, und lassen Sie mich versuchen, mindestens telefonisch einen Fachmann heranzukriegen.
Ich packte endgültig meine Malutensilien wieder ein, und wir fuhren. Und siehe da! In Weizenried befand sich nicht nur eine Tankstelle mit Werkstatt,

sondern allem Anschein nach litt ihr alter Inhaber unter Sonntags-Langeweile; jedenfalls kam er sogleich, als wir zaghaft zu klingeln wagten, ja, er bot sogar an, uns mit seinem Wagen zu folgen und an Ort und Stelle nach dem Rechten zu sehen.

Das Rechte war unerfreulich: Die Kraftstoffpumpe des uralten Kleinwagens arbeitete nicht mehr; auch tröpfelte etwas Benzin aus ihrem Flansch. Man würde eine neue brauchen; und das bedeutete mindestens eine Woche Wartezeit - vorausgesetzt, man bekam dieses Ersatzteil überhaupt noch.

Da sagte ich, ich glaube, bevor ich recht eigentlich nachgedacht hatte:

Angesichts dieser Überraschung schlage ich Ihnen vor: Nehmen Sie Ihr Gepäck aus dem Wagen; in meinem ist Platz genug; und fahren Sie erstmal mit mir bis Lindau.

Sie schaute mich voll an.

Einverstanden! sagte sie. Herzlichen Dank!

Und kurz entschlossen nahm sie ihre zwei großen Koffer aus dem Gepäckraum und legte sie bei mir auf die hintere Sitzbank.

Nanu! Jetzt schon gleich? Ich dachte, wir würden erst mal alle nach Weizenried fahren, und dort lüden Sie ihr Hab und Gut um. Jetzt könnte ich ja, mir nichts - dir nichts, einfach weg damit.

Sie lachte mich an.

Da lachte ich auch.

Der Meister warf uns beiden einen Seitenblick zu. Dann nahm er das Wägelchen nebst Gemeindeschwester ins Schlepp, und das Gespann zockelte los. Ich schön gemächlich hinterdrein.

Und in Weizenried kam die Schwester Teneritas dann zu mir in die Fahrerkabine, und wir beide winkten dem freundlichen Sonntagshelfer nochmal zu.
Wie sich das anhört, nicht wahr: WIR BEIDE…
Ja; und ganz genau so war es auch.
Wir erwähnten vorhin kurz das weltabgewandte Leben - Sie erinnern sich?
Durchaus!
Erlauben Sie mir, dazu ein bißchen zu fragen?
Wie könnt' ich es verweigern?!
Oh, leicht könnten Sie. Ich würde mich fügen müssen und würde mich auch fügen.
Nein. Fragen Sie! Fragen Sie gern! - Allerdings…
Was: allerdings?
Allerdings wär es mir noch lieber, nicht Sie würden fragen, sondern du würdest fragen. Über ernsthafte Themen spricht man, denk ich, leichter zu einem Du.
Mir wurde wunderlich zumut. Ich nahm die rechte Hand vom Lenkrad und hielt sie ihr offen hin. Sie legte ihre hinein.
Die Augenblicke des Glücks, verehrte Leserin und verehrter Leser, sind gewöhnlich rar in unserem Leben. Dieses war mir einer von ihnen.
Gut denn, du sonderbares Wesen, so sage mir bitte; Betrifft dein Gelöbnis der Ehelosigkeit nur die Ehe als gesetzliches Arrangement, oder schwörst du jeglicher Geschlechtlichkeit ab?
Laß mich erst zurückfragen: Was möchtest du genau wissen: Wie *man* allgemein den Zölibat versteht, oder wie ich für mich die Dinge sehe?

Ich frage nach deinem Gelübde. Du interessierst mich.
Ich bin eine Frau, sagte sie. Ich wurde als weibliches Exemplar der Spezies Homo geboren. Dagegen konnte und kann ich nichts unternehmen. Aber ich bin auch in der glücklichen Lage, daß ich dagegen nichts einzuwenden habe.
Und... wie... wie lebst du konkret damit - in deinem Status, in deiner Kloster-Uniform?
Die Uniform ist etwas, das man drüberzieht. Wenn man's wieder ablegt -: Dadrunter ist man Mensch; ein nackter Mensch.
Na schön, das klingt schon mal nicht übel; aber wie machst du's, wenn du nicht von deinesgleichen und von der bürgerlichen Umwelt ausgebissen werden willst? Man erwartet von dir keine Nacktheit. Du bist keine Tempeltänzerin.
Nein. Aber was ich wirklich brauche, nehme ich mir.
Ich schwieg. Und nach einem Weilchen vervollständigte sie:
Du siehst ja: Zum Beispiel, ich fahre hier mit dir.
Und wir hielten uns wieder bei den Händen.
Und irgendwann, auf einem geraden, übersichtlichen, sonnigen Straßenstück zwischen Isny und Wangen fuhr ich rechts ran und sagte:
Aber für neunzehn Uhr bin ich in Lindau mit meiner Frau verabredet. Restaurant "Zur blauen Traube".
Sie lachte leise.
Ich sah sie fragend an.
Entschuldige bitte! Aber... das klang wie die sorgenvollen Worte eines Generals vor der offenen

Feldschlacht gegen eine erdrückende Übermacht.
Ich hätte auch gern gelacht. Aber ich antwortete:
Das hast du trefflich erkannt.
Siehst du! Deshalb heirate ich nicht.
Sie streichelte behutsam meine Hand: Freilich weiß ich nicht genau, wie es in dir aussieht. Aber für mich ist jetzt eben jetzt. Und noch nicht neunzehn Uhr.
Und jetzt - jetzt bist du ein Schleckermaul, das niemandem Antwort schuldet, während ich meiner Frau in die Augen schauen möchte.
Wir wandten einander unsere Gesichter zu und sahen uns eine Weile voll an. Ich wartete auf etwas; und sie dachte offensichtlich nach.
Die Frage ist, sprach sie dann bedeutsam, ob man sich mitbacken lassen muß, um das Brot zu genießen; ob man, wenn man einen Löffel Honig naschen will, die Speisekammertür hinter sich zuschnappen lassen muß, so daß man nicht mehr hinauskommt.
Da ich nicht antwortete, nutzte sie die Bresche und fuhr fort:
Die Gleichnisse von Brot und Honig hinken freilich insofern, als man da, wenn man genießt, vielleicht wemanders was wegnimmt. Beim Eros und/oder Sexus muß das meines Erachtens nicht so sein.
Das versuch mal in der internationalen Gilde der Ehepartner, der Besitzenden, publik zu machen! Wer von denen weiß, meint, denkt, glaubt denn schon, daß sein Mitmensch von einem Seitensprung *bereichert* zurückkehren könnte?! Nicht nur reicher an Weisheit, Reife, Erfahrung sondern vielmals auch reicher an Zartgefühl, an Teneritas, wenn ich das sa-

gen darf; vielleicht sogar an Liebe.
Sie lächelte: Soso, du siehst das also auch so.
Ich sehe es so. Ich erlebe es so.
Und warum handelst du nicht dementsprechend?
Ich schwieg.
Dann fragte sie ungeduldig:
Könnte ich denn nicht, wenn wir schon hier am Straßenrand stillstehen und wenn ich dir mein Wort gebe, daß ich keine ansteckende Krankheit habe, insbesondere kein AIDS - jetzt vielleicht endlich wenigstens einen Kuß bekommen?
Liebe Schwester Zärtlichkeit, ich glaube, das Gelöbnis ehelicher Treue lastet um ein Mehrfaches schwerer auf den eingebundenen Seelen als euer läppischer, löcheriger Zölibat - und zwar nicht allein, weil es schärfer kontrollierbar ist, sondern vor allem, weil unsereiner Auge in Auge vor seinem Richter oder seiner Richterin steht. Ihr heiligen Unehelichen hingegen seid im Grunde nur einem mehr oder minder tief eingebildeten Anonymus verantwortlich. Ich bitte dich also in aller Form, mir Zeit zu lassen.
Auch wenn wir vielleicht gar keine mehr haben? fragte sie. Doch indem sie das aussprach, errötete sie plötzlich.
Da wußte ich, daß wir uns einig waren.
Und wie zur Bestätigung sagte sie leise:
Ich glaube, ich möchte dich um Verzeihung bitten. Ich war wohl schuftig - und außerdem auch ungeschickt.
Lassen wir das! Lassen wir das Bitten um Verzeihung! - Sage mir lieber mal, wie du in Wirklichkeit

heißt und weshalb dir ausgerechnet dieser Übername Teneritas auferlegt wurde.
Du wirst staunen: Das ist gar kein Übername. Meine eigenen Eltern haben mich so genannt; sie unterrichteten beide Latein an Oberschulen. Und im Kloster hat man's dabei belassen - zugunsten des Herrn und Heilandes Jesus Christus.
Und man übersetzt dich also korrekt mit Zärtlichkeit, nichtwahr?
Zärtlichkeit, Zartheit, Zartgefühl - alles richtig.
So. Und weshalb nun, in Dreiteufelsnamen, muß ausgerechnet die Teneritas sich in diese geistlich-zölibatäre Kluft zwängen? Weshalb, bitte?
Sie antwortete nicht. Ich wartete. Lange.
Und als es mir lange genug schien, ließ ich den Wagen wieder an, und wir fuhren wortlos weiter, durch die breiten Täler und über die sanften Hügel des Alpenvorlandes, über kleine, kecke Flüßchen und durch idyllische Wälder. Und eine Weile, bevor wir nach Lindau kamen, sagte sie:
Eigentlich ist meine vorbestellte Pension ja nicht in Lindau sondern in Meersburg.
Ich reagierte nicht sondern sagte:
Du kannst oder magst mir meine Frage von vorhin also nicht beantworten?
Doch. Aber ich mußte nachdenken. Denn mir selber ist erst Jahre nach meinem Entschluß klar geworden, weshalb ich ihn faßte. Und wenn du bei der Gelegenheit meine persönliche Wertung des Zölibats hören willst -: Ich für meinen Teil habe wohl Ehelosigkeit gelobt aber nicht Geschlechtslosigkeit. Ich bin eine Frau, mein Lieber, und - wie gesagt - ich

nehme mir, was ich brauche. Und übrigens -: Viele Menschen machen sich nicht klar, was für einen vortrefflichen Schutz, Vorwand und Hinterhalt der Zölibat darstellt. Wer sich - aus welchen Gründen auch immer - nicht binden mag, der braucht nur dieses Gelübde zu tun, und schon kann er sagen, daß er sich ja nicht binden *darf*.

Der Zölibat ist *die* Ausflucht schlechthin für Leute, die zugleich genäschig sind und innerlich instabil.

Warum gebrauchst du das Wort "genäschig"? Warum nicht "bedürftig"? Hast du nicht eben gesagt: Ich nehme mir, was ich *brauche* und nicht nur: was mir schmeckt?

Es ist schön, daß du mich verteidigst. Aber ich glaube, was ein Mensch wirklich braucht, das ist nicht nur die Lust sondern auch Last. Und wer ist schon darauf aus, sich die zu stibitzen?

Also siehst du den Zölibat wesentlich als Bekenntnis und Gelöbnis zum Egoismus? Man will sich selbst nicht darbringen, nicht hingeben, nicht opfern?

Genau. Zumindest nicht auf diesem Gebiet. Und es ist die Frage, ob es einen Bereich gibt, in dem das Opfer, das ein Mensch bringt, vollständiger wäre.

Dabei sagte doch bekanntlich nicht nur Goethe "Stirb und Werde", sondern beispielsweise auch euer Jesus meinte, wenn das Saatkorn nicht im Boden seine Existenz, seine Struktur, seine Individualität verlöre, bliebe es fruchtlos.

Unsereiner bleibt ja auch für gewöhnlich fruchtlos, respective unfruchtbar - auf diesem Gebiet. Das ist dann "systemimmanent".

Wenn ich so deine Worte höre und deine Stimme, will mir scheinen, du seist garnicht der Mensch, der nur auf der Suche nach Lust ist.
Nochmal: Danke, daß du mich vor mir selbst verteidigst. Aber…
Aber?
Nein, möglicherweise hast du sogar recht.
Die Jahre bringen es, nichtwahr, daß wir uns nicht mit Lust allein begnügen. - So, nun aber laß uns erstmal über deine Pension in Meersburg sprechen: Sollten wir nicht von der nächstbesten Telefonzelle dort anrufen und deine Verspätung melden, damit man dein Zimmer nicht anderweitig vergibt? Immerhin ist noch Saison!
Ach was! Bestellt ist bestellt. Ich laß es drauf ankommen.
Also fahren wir weiter und werden korrekt um neunzehn Uhr an der "Blauen Traube" sein.
Ja. Oder… Vielleicht… hältst du ja auch nochmal.
Ich schüttelte den Kopf.
Sie schluckte und schwieg.
Ich werde euch miteinander bekanntmachen. Dann magst du in Meersburg anrufen, und man wird mit allem weitersehn.

Cordula saß draußen, an einem der Terrassentischchen, hatte uns also bereits heranfahren, parken und aussteigen sehen und kam mit freundlich-kritischem Lächeln auf uns zu.
Das ist Schwester Teneritas. Ich habe sie unterwegs aufgegabelt. Sie hatte 'ne Panne.
Genauer: Ich habe Ihren Mann überfallen.

Oh, dafür sieht er aber noch recht unverletzt aus.
Wir nahmen an Cordulas Tischchen Platz; es wurde beschlossen, Abendessen zu bestellen; und bis es gebracht würde, könnte Teneritas telefonieren. Nach dem Essen könnten wir sie in Ruhe zur Pension fahren und uns selbst in Meersburgs Umgebung einen Nachtplatz suchen.
Mein Zimmer ist weg, sagte sie, als sie zurückkam.
Ich zog die Brauen hoch. Cordula zuckte mit keiner Wimper.
Ja, ich hätte ja gesagt, etwa zur Kaffeezeit sei ich dort; und bis zum Abendbrot hätten sie auf mich gewartet. Aber jetzt, vor zehn Minuten... Immerhin sei ja noch Saison...
Dann schaute Cordula mich an, und ich schaute zurück - ohne Mimik.
Cordula sagte:
In unserem Wagen können zur Not fünf Personen schlafen. Wir sind drei.
Ich weiß natürlich nicht, wie Sie das sehen
Ach so, sagte ich lachend, ihr siezt euch ja noch.
Ja...?
Wir haben uns nämlich schon unterwegs Du genannt. Bei einer Schwester, dachte ich...
Also, dann heiße ich Cordula.
Dann nennt ihr mich am besten Tera; das halten meine Patienten auch immer für praktischer.

Vorn im Wohnwagen kann man durch einfachs Umklappen der Sitzbänke eine durchgehende Liegefläche für drei Menschen neben einander herstellen, hinten in gleicher Weise für zwei.

Aber auf der Hinterbank lagen Teras behäbige Koffer, die, da der Wagen vollgepackt war, schlecht woanders zu verstauen gewesen wären. Mithin, als Mitternacht wurde und ich von meinem üblichen kleinen Abendgang zurückkam, nahm ich meinen Platz zwischen zwei Frauen ein. Die ältere, links von mir, schlief wider Erwarten bereits. Nein, nein, Sie irren sich. Es war keine Verstellung. Das Atemgeräusch des wirklichen tiefen Schlafzustandes kann sie nicht willkürlich nachahmen. Ich kenne es seit fünfundzwanzig Jahren. Und außerdem bestanden auch noch andere Indizien.

Teras Hand kam und suchte die meine.
Es war genau diese Hand, die sich mir heute nachmittag schon so wunderbar, so vollkommen anfühlte.
Wenige Männer, glaube ich und vermutlich noch weniger Frauen beherrschen die Technik, einen Orgasmus zu erleben, ohne daß die Skelettmuskulatur auch nur im mindesten mitspielt.
Sie verstand es, und sie lehrte es mich in dieser Nacht.

Als wir am nächsten Morgen nach unbeschwert heiterem gemeinsamem Frühstück doch noch eine Privatpension für Tera fanden und sie dort ablieferten, tauschten wir mit einander keine Anschriften aus. Wir sagten nicht Auf Wiedersehen; wir sagten Adieu und Lebwohl.
Aber sie wußte natürlich unser Autokennzeichen (während ich mir ihres nicht gemerkt hatte), und so hat sie all die Jahre darauf geachtet, stets unsre

Adresse zu wissen.
Und gestern abend rief sie an:
Bist du allein im Zimmer?
Hast du Zeit?

ABER NICHT NACH HIDDENSEE

Haben Sie noch etwas Zeit? Und Lust?
Dann lassen Sie mich von einer Reise erzählen, die um Haaresbreite…
Wo wachsen uns Menschen denn Haare von dieser Breite?
Ja, darum geht es eben, *auch* darum.
Vermutlich jedenfalls.
Aber vielleicht steckt weit mehr dahinter, und es hätte sich keineswegs nur um das Überschreiten einer Behaarungsgrenze gehandelt. Indessen, darüber urteilen Sie am Ende der Geschichte selbst.

Dies Folgende geschah *nach* 1989; nach der Zeit, in der das sogenannte Deutschland in je einen östlichen und westlichen Teil zerschnitten war. Die Grenze, die amtliche, verwaltungstechnische, politisch-militärische gab es offiziell nicht mehr. Jedermann konnte unbehelligt und ohne Visum von Frankfurt nach Frankfurt fahren und dabei vor sich hin trällern:
Weil Frankfurt so groß ist, drum teilt man es ein
in Frankfurt an der Oder und Frankfurt am Main.
Holladihi!…

Auch ich, in Niedersachsen ansässig, fuhr wieder mal nach "drüben"; nicht gleich nach Frankfurt/Oder, aber doch nach Sachsen-Anhalt und Mecklenburg-Vorpommern. Pfingstsonntag. Taubengurren und das Klapperliedchen der Mönchsgrasmücke.

Diesmal fahre ich ohne Hunde, dafür mit Mal-Gerät. Um Häuser, Straßen und Lichteinfälle einer netten alten Provinzstadt auszuprobieren. Bitteschön, hier, im Vordergrund, mit ziemlich kaputtem, rostigem Eisen-Geländer, sehen Sie die Kanalbrücke; breit in der Mitte die Fachwerk-Giebel einstiger Bürgerhäuser und links-hinten, vor fast wolkenlosem Himmel den arg beschädigten Marienkirchturm. Die Straße längs des Kanals übrigens mit Katzenkopf-Granit gepflastert. Mein Gott, wie lange hab ich kein Kopfsteinpflaster gemalt!
Bezüglich der Häuser -: Soll ich da ehrlich sein? Die Morgensonne schräg über den Balken macht zwar einen wunderbaren Goldockerton; aber der miese, schimmelig-grüne Putz mit seinen riesigen Löchern -: Soll ich so etwas getreulich abbilden?

***

Taubengurren über mir, in den Kastanien.
Und dann:
Guten Morgen! Darf ich mal unterbrechen?
Eine kecke junge Frauenstimme hinter mir, und ich drehe mich um:
Wenn's sein muß!
Nur ganz kurz! Ich beobachte Sie nämlich schon eine Weile, und ich freue mich, daß Sie in unserer Stadt malen. - Ich arbeite für das Lokalblatt und würde Sie gern fotografieren. Darf ich?
Auch das: Nur wenn's sein muß.

Sie knipst.
Und weil ich nun sowieso unterbrach, frage ich:
Was schreiben Sie denn dazu?
Ooch, Ihren Namen würd ich gern wissen und wo Sie her sind und was Sie sonst so malen - sowas alles…
Bekomme ich denn ein Belegexemplar Ihrer Zeitung?
Selbstverständlich!
Na schön - Und Sie? Was schreiben Sie sonst so alles?
Ooch, ich kann Ihnen ja mal was schicken, wenn Sie's interessiert.
Gern!
Dann erstmal: Schönen Dank! Und schönen Tag noch!
Danke, auch Ihnen!

***

Werter Herr B.!
Anbei finden Sie das Belegexemplar unserer letzten Wochenend-Ausgabe mit der Sie betreffenden Kurzreportage, außerdem - Ihrem Wunsch gemäß - als weitere Kostprobe meiner Arbeiten ein Gedicht:

Alte Freunde Wiedersehn

Als wir noch mit einander teilten
die gleiche Armut, die uns ernährte,
die gleiche Sehnsucht, die uns wachhielt,
den gleichen Zwang, der uns Salz war im Brot;

als wir noch hausten
in Kälte und Enge
und Blüten schon trieben bei eines
einzigen Vogels Gesang;

als wir den Feldweg noch gingen,
den holprigen, fühlenden Fußes,
als noch die Straße nicht glatt war
und Mühsal erfahren uns Gold schien -:

Ach, wie Schulter an Schulter
wie Hand in Hand,
wie Stirne an Stirn wart ihr mir!

Und
nun?
Kam uns der Reichtum ins Land
mit glatter und glänzender Haut,
geschminkt
und mit langgewachsenen Nägeln.

Der hat sich
euch alle
gekrallt.

Da sitzt ihr,
den Nacken gestrafft,
im Feiertagskleid;

und ihr redet
und redet
und redet
in Wörtern, poliert und geschönt
und hohl und verkrampft
wie leergekotzte Mägen.

Nein!
Nichts!
Ich mag nichts mehr von euch,
von dem weiterverhökerten Plunder.
Nein.
Ich mag nichts mehr von alldem,
das ihr so gern mir verkaufen,
so gern gar mir schenken möchtet.

Nur dieses,
das einz'ge von euch,
das ich will,
das nehm ich mir selber:
den Abschied.

Sie, Herr B., sind der erste von all den wohlhabenden westlichen "Brüdern" und "Schwestern", der in unserer Stadt etwas tat, das mir gefiel: Sie kamen - wenn ich es recht begriffen habe - um zu sehen, nicht um zu verändern.
Sehen, hören, fühlen, kurz: wahrnehmnen -: Sie

erscheinen mir als die ersten und notwendigsten aller "vertrauensbildenden Maßnahmen".
Friedlinde

***

Liebe Störenfriedlinde,
eine junge Frau läßt einen alten Mann ein eigenes, sehr eigenes Gedicht lesen. Das ist nicht alltäglich. - Danke!
Schon am Pfingstmorgen, als Sie mich ansprachen und noch stärker jetzt ist mir, als stünde ich auf der Gangway zum Abflug ins Jenseits, und da - winkt auf dem Rollfeld noch jemand.
Gilt das Winken wirklich mir?
Sie wissen wenig von mir. Ein einziges - unfertiges - Bild haben Sie gesehen - und daraufhin schrieben Sie diesen Brief!
Darum, vorsichtshalber, damit die Katze im Sack sich (wenn schon, dann zeitig) als Stachelschwein erweist, hier anbei einige meiner eigenen Strophen.
Wenn Sie nicht darauf reagieren - okay.
Wenn doch - um so erfreulicher für
B.

***

Werter Herr B. - schrieben wir früher, offiziell und unangreifbar, denn irgendwas ist schließlich jeder wert.

Heute schriebe ich lieber lieber Herr B.!
Will da ein alter Mann sich und mich über sein Alter hinwegtäuschen, daß er ein Winken zu sehen meint und noch dazu auf sich bezieht? Oder *setzt* er sich über sein Alter hinweg?
Oder verschenkt er einfach nur seine geschriebene, verdichtete Lebenserfahrung?
Danke jedenfalls. Denn vieles davon gefällt mir. Aber dazu vielleicht später einmal ausführlich.
Zur Zeit sitze ich fürchterlich im Druck: Ein Haufen Arbeit drängt; die Familie fordert ihr Recht, der Garten seinen Tribut... Ich schlafe zu wenig. Habe darüber hinaus persönliche Probleme.
Einstweilen also zumindest möchte ich nicht weiter korrespondieren.
Mal sehn, vielleicht in ein paar Wochen.
Friedlinde.

***

Lieber Herr B.!
Noch lieber: Lieber M. - und Du!
Hinter mir liegen harte und bittere Wochen, in denen ich die letzten Fäden einer vormals sehr engen Beziehung zerreißen mußte, um mich zu (er-)lösen.
Manche guten Freunde rieten mir schon: Öffne dich doch nicht immer so bereitwillig! Mach doch von innen dicht! Setz dich der Welt nicht dermaßen aus!
Aber ich weiß heute schon: Das wird bei mir doch immer wieder so gehen. Ich kann's nun mal nicht

anders und werd's nicht anders können. Da sind und bleiben Schmerzen und Enttäuschungen vorprogrammiert.
Wird es in unserm Fall wieder so sein?
Versuchen wir's!
Jedenfalls möchte ich gern gelegentlich Briefe mit Dir wechseln. Nur sollte darin von vorn herein gegenseitige Offenheit und Wahrhaftigkeit herrschen.
Übrigens, in sechs Wochen beginnt mein Jahresurlaub. Acht bis zehn Tage davon werde ich auf Hiddensee zubringen.
Kennst Du Hiddensee?
Hättest du Lust mitzukommen?
Fr.
...

***

Friedlinding-Kinding!
Welche Angebote!
Das der Korrespondenz nehme ich sofort und ohne Zögern wahr und sichere die erwünschte "Offenheit und Wahrhaftigkeit" von Herzen zu.

Sodann aber: Hiddensee:
Ich entsinne mich nur noch schwach an ein paar Sommertage dort, die immerhin etwa ein halbes Jahrhundert zurückliegen. Was ich aber noch sehr wohl erinnere: Im Gegensatz zu Rügen empfand ich mich auf Hiddensee wirklich als auf einer Insel. Man *war* nicht nur vom Wasser rings umgeben, man sah es nicht nur, sondern man fühlte sich auch so.

Unser kleines Zelt stand am sogenannten Dornbusch. Nach Süden hin konnte man von dort die ganze Insel überschauen.
Und nun also - Deine Einladung.
Ich habe mit meiner Frau darüber gesprochen. Terminlich ließe es sich wohl für mich einrichten; Du müßtest mir nur bitte Deinen Zeitplan möglichst bald und möglichst genau mitteilen.
Auch über die Unterbringungsmöglichkeiten müßte noch nachgedacht werden. Ich bliebe am liebsten in meinem Wohnwagen. Aber Autos sind ja auf Hiddensee unstatthaft.
...

***

Lieber M.!
Oder sollte ich doch besser wieder schreiben: Werter Herr B.!?
Erst bekam ich die Gedichte. Und ich war beglückt und dachte: Das ist ein richtiger Mensch. Einfach ein Mensch.
Und nun kommt dieser Brief, und da springt es mich förmlich an: Also doch! Ein Westler! Ein Besser-Wessi - wie wir zu sagen uns angewöhnt haben.
Warum, bittesehr, möchte der hohe Herr in seinem Auto bleiben, seinem Status-Symbol und Heiligtum? Vernahm er, daß die Hotels und Pensionen in Ostdeutschland weniger komfortabel sind, als man es im pompösen Westen vorauszusetzen pflegt?
Ich wollte und will URLAUB machen, wenn ich

Urlaub habe. Das heißt zu allererst: hinaus aus der Stadt, in eine stille, abgeschiedene, unbeschadete Natur. Da ist es mir einerlei, ob ich in meiner Unterkunft heiß duschen kann oder nicht. Auch um ein kaltes Frühstücks-Buffet und laute, weinselige Abendgelage ist es mir nicht zu tun. Ich will Wasser und Sonne und Möwen und den Wind im Strandhafer und offene, ungestriegelte Haare und Gedanken. Und Gespräche!

Und dazu brauche ich kein Wohnmobil, in dem mir womöglich noch ein Fernsehgerät die neueste Werbung für Waschmittel und Autoreifen einsuggeriert.

Ich bin, werter Herr B., aus dem Osten. Und ich will aus dem Osten sein. Und daß hierzulande noch nicht - so wie "drüben! - alles poliert und glattgeleckt ist, das macht mir - in Dreiteufelsnamen - überhaupt nichts.

Wenn ich also fragte, ob der Herr geneigt wäre, mit nach Hiddensee zu kommen, dann meinte ich Hiddensee und nicht die Festlandküste und das Automobil!

Wie sagte doch Rilke?: "Denn Armut ist ein großer Glanz aus Innen."

***

Liebe, wackere Friedlinde (ich bleibe einstweilen beim Du)!

Einige Fakten konntest Du nicht wissen:

1.) Mein Wohnwagen ist über dreißig Jahre alt, vieles daran ist selbstgebastelt, und einen Fernsehem-

pfänger habe ich nicht darin und bedarf seiner auch nicht.
Auch ich will *draußen* sein, wenn ich nach draußen fahre.

2.) Daß ich nicht gern in fremden Betten schlafe, hängt mit meinem Alter zusammen, mit meinen Gewohnheiten und mit meiner Gesundheit. Wenn ich andererseits auf Komfort nicht verzichten könnte, wäre dieses Vehikel gewiß nichts für mich.

3.) Ich stamme aus dem Osten - und zwar aus jenen "deutschen Ostgebieten", auf welche westlicher wohnende Menschen wie etwa Sachsen-Anhaltiner, Brandenburger und Mecklenburger, schon vor hundert und auch noch vor fünfzig, vierzig und dreißig Jahren mitleidig und geringschätzig herabsahen.
Meine Kindheit vollzog sich zwischen Kastanien und Käsemalven, zwischen Küken und Kötern, zwischen Fohlen und Federvieh. Und meine Wurzeln stecken in Roggen- und Rübenäckern, unter Weiden und Wacholder, in Seen und Sümpfen - und in einer einfältigen, unmeßbaren Liebe.

4.) Du schreibst mir ein Rilke-Wort, das ich selbst sehr geschätzt und manches Mal zitiert habe - bis ich - vor etwa sechs Jahren - erstmals wieder in die DDR reiste.
Da sah ich, als ich in meine frühere Heimat kam, daß es zwar auch in der Armut, vielleicht gar wirklich *besonders* in der Armut den "großen Glanz aus Innen" gibt. ABER DIE ARMUT *IST* NICHT DER

GLANZ! Das wäre Verdrehung der Wirklichkeit. Bedauernd sagen wir von jemanden: "der Arme!" und nicht "der Glänzende!"
Die Armut ist staubgrau; und der Glanz, wenn es ihn gibt, ist ein TROTZDEM, ist ein ABER-Phänomen; ein Innen-Reichtum, der sich der (aufgezwungenen) Armut entgegen-bildet und ihr entgegen-wirkt. Armut ist arm, Friedlinde und oft armselig. Das sollten wir uns eingestehen. Und Beherrscher, die ihr Land in die Armut treiben, machen es damit keineswegs automatisch innerlich reich! Sonst wären ja alle Beschränkungen und Repressalien, alle Verbote und Verweigerungen vom Volke dankbar als Wohltaten zu akzeptieren. Und daß sie das nicht sind, erfuhren wir nun doch wohl wirklich zur Genüge und hautnah unter unsern Herren Hitler und Honecker - von allen inländischen Consorten und ausländischen Gleichgesinnten ganz zu schweigen. - Und schließlich kann man's auch in jedem halbwegs ehrlichen Geschichtsbuch nachlesen.
...

***

...
Na schön, vielleicht hab ich wirklich manches voreilig beurteilt. Trotzdem - auch Du hast Dich ja nicht vom typisch kapitalistischen Gehabe frei halten können. Man braucht sich ja nur die paar üppigen, überladenen Sätze herauszugreifen, in denen Du Deine Kindheit schilderst. Solch ein Stil gedeiht nur jenseits der Grenze. Und ich bin nicht neidisch

darauf sondern froh, daß wir von derartigem Geilwuchs verschont blieben.
Dennoch will ich meine Einladung nicht annulieren. Ein paar Tage mit Dir gemeinsam könnten vielleicht trotz allem interessant und lehrreich sein.
Ich lege Dir also einen Zettel mit meinen Reiseplänen bei - einschließlich der Abfahrts- und Ankunftszeiten von Zügen und Schiffen.
Wenn ich eine Unterkunft für Dich mit bestellen soll, brauche ich Deine Entscheidung bis spätestens zum kommenden Wochenende.
Friedlinde.

***

Gut, Friedlinde, ich freue mich, daß Du Deine Einladung aufrechterhalten hast. Ich bin lernbegierig, wenn auch sonst nicht so gierig, wie Du voraussetztest.
Alle Termine sind mit meiner Frau abgestimmt; sie kann ihre Nachtdienste entsprechend verlegen.
Nur, ein Quartier brauchst Du mir bitte nicht mitzubestellen. Ich komme mit dem Wohnwagen, und ich werde auch - wie schon gesagt - im Wohnwagen nächtigen. Er bleibt dann eben auf dem Festland stehen - vielleicht auf dem Parkplatz in Schaprode oder irgendwo nahebei. Das ist eine spätere Sorge.
Etwas anderes hingegen will m.E. *jetzt* bedacht sein. Wir beide streben diese gemeinsame Reise wesentlich deshalb an, weil wir *hören* und *sprechen* wol-

len. Laut beigelegtem Fahrplan verkehren die Schiffe zwischen Schaprode und der Insel aber nicht nachts. Von abends sieben bis morgens sieben ist Wasserruhe. Folglich wird uns kein später Abend und keine Nacht für ein Gespräch zur Verfügung stehen - es sei denn, Du wärest geneigt, mit im Wohnwagen zu schlafen.
Nota bene: Ich brauche dieses Thema nicht unbedingt schon jetzt anzusprechen; ich könnte ihm Zeit lassen, bis es "so weit" ist. Da wir uns aber a) Offenheit und Wahrhaftigkeit zusagten und ich b) Enttäuschungen und Frustrationen für Dich vermeiden möchte, gestatte mir wenigstens die folgenden Bemerkungen:
1.) Der Wohnwagen läßt sich durch einen Vorhang so in zwei (Schlaf-)Räume teilen, daß man zwar freilich die Geräusche von "nebenan" vernimmt, jedoch einen Sichtschutz zum Nachbarn hat.
2.) Du bist eine junge und (wie ich hoffen darf) gesunde Frau. Ich bin ein alter Mann mit Krampfadern und ergrauter Behaarung.
ABER: Es bahnt sich, scheint mir, zwischen uns so etwas wie eine Freundschaft an. Nun denn: Freunde, wenn sie gemeinsam ernst und heiter sind, wenn sie gemeinsam wandern und ausruhen, so stehen oder gehen sie womöglich auch wohl mal Hand in Hand oder Arm in Arm. Freunde - so erfuhr ich - schlafen wohl auch gelegentlich mit einander - sei es getrennt, sei es vereint.
Da lassen sich denn wohl - auch wieder nur nach meinen Erfahrungen - Eros und Sexus nicht in jedem Fall einfach vergessen.

Bedenke das bitte, Friedlinde. Denn es wäre bitter, wenn Du den Urlaub anträtest mit der Hoffnung: "Oh schön, es kann wunderbar werden" - und hernach heimreisen müßtest mit dem Gedanken: "Verflucht! Es war öde und leer!"

Weniger werter Herr B.!
Wenn ich es nicht geahnt hätte...!
Über eine Woche habe ich diesen meinen letzten Brief an Sie vor mir hergeschoben. Aber nun hab ich reiflich nachgedacht.
Ich werde *allein* nach Hiddensee fahren.
Das Maß ist einfach voll.
Anscheinend können Sie überhaupt nur in Klischees denken; das sind Ihre Trümpfe. Die "armen Ossis" und die "tyrannischen sozialistischen Machthaber" spielten Sie bereits aus. Und nun kommen Sie mit den "alleinstehenden jungen Frauen", die gierig nach jeder sich bietenden Gelegenheit greifen - und sei es auch mit einem noch so alten Mann.

Nein, Herr B., das Gefühl, das Sie in Ihrem ersten Brief schilderten: auf der Gangway zu stehen, zum Start ins Jenseits bereit -: Das hat Sie nicht getäuscht.
Eine Täuschung hingegen, eine Selbsttäuschung war, daß Sie jemanden winken zu sehen meinten und das auch noch auf sich bezogen. So wird aus der Täuschung *für Sie* die Enttäuschung erwachsen: NIEMAND HAT IHNEN GEWINKT.

Fahren Sie wohl-
aber nicht nach Hiddensee!
Und - ich möchte auch nicht von Ihnen angerufen werden.

***

Ja sehen Sie, meine Damen und Herren, nun wäre ich um Haaresbreite wieder mal auf die schöne Insel gekommen. Aber so schwierig ist es bisweilen - nicht nur, daß Jung und Alt zu einander finden, sondern auch Ost und West.

BEINAH

Bella ist tot. Darmkrebs hatte sie vermutlich. Nun ist Julischka, die vierjährige Golden-Retriever-Hündin, allein.

Als Bella seinerzeit ihre ältere Lebenskameradin verlor, reagierte sie mit einer schweren Depression, die sie bis zuletzt nie vollständig verwunden hat. Hovawarts sind empfindliche Seelen!

Hingegen bei Julischka, dem Sonnengemüt, kamen uns solche Befürchtungen nicht. Sie ist klein, hurtig und dabei innen wie außen gut im Futter… dachten wir uns.

Und dann kamen die Tage danach; und es wurde ganz anders.

Zuerst verweigerte Julischka die besten Fleischknochen; dann bewegte sie den Kopf manchmal tic-artig zur Seite; und dann bekam sie hohes Fieber und trank nicht einmal mehr Wasser.

Unser (vortrefflicher!) Tierarzt war ratlos: Alles nur Trauer?

Böse Tage und Nächte gingen dahin. Kein Mittel half. Und wir alle rätselten herum und waren unglücklich.

Aber für Sie, verehrte Leserinnen und Leser, kann ich's heute kurz machen. Die epikritische Diagnose lautete: Ein Wespenstich im Mundbereich (die Wespe hatte an einem Knochen gesessen), ein weiterer Wespenstich (des lebend verschluckten Insekts) im Magen-Darmtrakt. Daraufhin lebensbedrohliche allergische beziehungsweise septische Allgemeinreaktion.

Und obendrein zu alldem Totentrauer.
Das war dann auch für das Sonnengemüt zu viel.
Als endlich die organische Krankheit überstanden und „nur“ die Reste der seelischen noch wirksam waren, kam mir der Gedanke, eine kleine Reise mit dem Hündchen zu unternehmen. Es mochte doch sein, man könnte ihm das Vergessen dadurch erleichtern. (Und einen zweiten Hund wollten wir - noch - nicht wieder.)
Außerdem herrschte stabiles, wunderbar heißes Hochdruckwetter (es war der Jahrhundertsommer 1994), das ich gern noch zum Malen nutzen wollte.

***

Ganz rascher Entschluß, und der Wohnwagen wird gepackt - trotz dieser Kurzfristigkeit mit allem Wünschbaren - nur auf Fleischknochen wird verzichtet; die mag Julischka noch nicht wieder.
Ziel: Wismar-Bucht, Insel Poel; eventuell „Stipp-Visite“ bei Freunden am Darß.
Die mecklenburgisch-vorpommerschen Ostseebäder, ein altes, etwas wurmstichiges, behäbig-kritisch-stolzes, traditionsbewußtes Fremdenverkehrsgebiet, wurde neuerdings vom deutschen Westen (den ewig dusseligen, hochnäsigen Wessis) wiederentdeckt, und mancherorts stieg die Touristenfrequenz so rasant, daß es da schon nach dem Fett der sonnengebratenen Kapitalistenschenkel zu stinken beginnt.
Ich habe das Glück, nein, *wir*, Julischka und ich ha-

ben das Glück, auf keinen solchen Ort angewiesen zu sein.
Wir reisen ohne Hast, mit angemessenen Erholungs- und Entleerungs-Pausen, und als wir auf dem Inselchen ankommen (das dank eines Straßendammes zum Festland eigentlich nur noch Halbinselchen ist), parken wir still und unauffällig auf einem Schutt- und Abstellplatz für Straßenbaufahrzeuge, der zum Teil - wie in dieser Gegend üblich - von krautig-graugrünen, wirren, ungepflegten und unverwüstlichen Ruderalpflanzen bedeckt ist.
Das Wasser liegt ganz nah, und - I-Pünktchen des Glücks - von unserm Standplatz aus führt ein versteckter Weg durch Ried und Sauersumpf zu einer primitiven Anlegestelle für zwei, drei kleine Ruderboote.

***

Spätnachmittag. Noch sehr warm aber nicht drükkend. Der Seewind erfrischt, Julischka ist vergnügt, springt herum, genießt ihren Hundekuchen. Ich schleppe meinen Malkram ans Wasser. Drei, vier Stunden Licht habe ich noch. Fürs Nötigste werden sie reichen.
Gänsescharen ziehen über uns; irgendwo schreien Kiebitze; manchmal flitzen Schwalben übers Wasser.
„Im Atemholen“, sagt Goethe, „sind zweierlei Gnaden:

Die Luft einziehn - sich ihrer entladen.
Jenes bedrängt, dieses erfrischt.
So wunderbar ist das Leben gemischt.
Du danke Gott, wenn er dich preßt,
und dank ihm, wenn er dich wieder entläßt."

Recht hat er, der Goethe. Und wenn wir auch, Julischka und ich, für garnichts andres einen Gott gebrauchen könnten -: Zum danken ist er doch allemal nützlich.

Selige Sternennacht. Fröhlicher Morgen. Julischka tänzelt durch die taunasse Marsch. Kann es sein, daß diese Fahrt schon eine erste günstige Wirkung bei ihr zeigt?

Eine halbe Stunde vor Sonnenaufgang marschieren wir wieder zu „unserer" Anlegestelle und bauen die Staffelei auf. Das Frühlicht auf dem Wasser und den rauchgrau-braunen Horizont -: Das ist es, was ich gern auf die Platte bekäme. aber man muß schnell arbeiten, schneller, als mir langsamem, statischen Menschen mit klammen Fingern eigentlich entspricht; denn alle Farben wandeln sich rasch mit jeder dahinfließenden Minute.

Gleichwohl, für meine bescheidenen Ansprüche wird das Bild erträglich. Und gegen neun Uhr nehmen Hündchen und ich ein so genußreiches Frühstück ein, wie wir es uns verdient zu haben meinen.

Ja, siehst du, Julchen (sage ich nicht, aber denke ich; denn ich rede nicht gern unverstanden), das mit dem Atemholen trifft zu, und noch etwas anderes wohl auch:

„Alles geben die Götter, die unendlichen
ihren Lieblingen ganz;

Alle Schmerzen, die unendlichen,
alle Freuden, die unendlichen -:
ganz."
Von den Schmerzen, das erfuhrst du schon. Dürfen es denn nun mal für ein Weilchen die Freuden sein?

***

Ribnitz-Damgarten -: alte Grenze zwischen Mecklenburg und Pommern. Und dann weiter, in Richtung Saal am Bodden.
Wieder haben wir Glück: Die Freunde sind zu Haus. (Wir kommen schließlich unangemeldet!) Bewillkommnung. Herzlichkeit. Liebe -:Strahlend, wärmend; passend zu diesem grandiosen Sommer.
„Alle Freuden, die unendlichen -: ganz."
Hernach gehen wir im Wald spazieren, Hündchen und ich - niemanden störend, von niemandem gestört.
Bergengruen: „Atme, Seele, erhöhter
wenn du den Sommer lobst.
Goldener und röter
prangen dir Trauben und Obst..."
Und als wir an zu Hause denken, an all die Mühsale, Lasten und Kümmernisse, die dort wieder auf uns warten -:
Frag nicht, wie man leben wird
nach dem Hier und Jetzt.
Was dir grad gegeben wird,
das ist dir gesetzt.

Wenn dich das Entbehrliche
nicht mehr lockt und narrt -:
Schau, das unerklärliche
Glück der Gegenwart!

***

Beginn der Rückfahrt am Abend.
Baustellen-Umleitung.
Ach, daß Deutschlands Osten in puncto Straßenverkehr noch immer so gräßlich im Rückstand ist!
Völlig irreführende Beschilderungen. Dutzendweise falsch gefahrene Autos.
Auch wir darunter.
Wir wollten von Rostock nach Wismar zurück. Und dann finden wir uns auf der Straße nach Kühlungsborn, das schon vor fünfzig Jahren durch seine NS-Kinderfabrik unbeliebt war.
Und um Mitternacht hängen wir in einer Sackstraße im Ostseebad Rerik, dessen Kopfsteinpflaster ebenfalls vor fünfzig Jahren schon unbeliebt war.
Und als wir endlich wieder herausgefunden haben, aus dem honorigen Örtchen, übermannt mich die Müdigkeit, und ich setz den Wagen rückwärts in irgend einen winzigen Waldweg hinein. Schlaf-Versuch. Aber Julischka atmet hechelnd und zuckt in ihren Träumen dermaßen, daß der Wagen wackelt.
Also nur zwei Stunden Daliegen und Dösen, ohne recht entspannt zu sein. Was ist los? Weshalb haben wir plötzlich keine Ruhe mehr?

War's das schon, das Glück der Gegenwart?
Irgend etwas, scheint mir, treibt uns.
Weiter! Weiter.
Aber warum denn eigentlich?
Wir haben doch Zeit! Niemand erwartet uns jetzt.
Niemand rechnet schon mit unserer Rückkunft.
Einerlei! - Weiter!
Stalldrang nannten wir das zu Hause, bei unseren Kutschpferden, wenn sie fünf Kilometer vor dem Dorf nicht mehr im Schritt gehen wollten sondern selbst im Trab immer wieder Galoppsprünge machten.
Weiter also.

***

Endlich, vor Dömitz, nahe bei der neuen Elbbrücke, die zwischen Ost und West gebaut wurde, endlich da halten wir, fahren auf eine freundliche Waldlichtung, essen, trinken, schlafen ein wenig, schließen dann den Wagen ab und nehmen uns Zeit für einen richtigen Spaziergang.
Die Dömitzer Brücke ist neu, von angenehm-verläßlicher Bogenführung und technisch perfekt. Die Fahrbahnbreite entspricht der Verkehrsdichte; der Platz für Zweiräder und Fußgänger ist vernünftig berechnet.
Wenn Sie auf der Bundesstraße 191 von Ludwigslust herkommen, treffen Sie kurz vor der Brücke auf weithin sichtbare Verkehrsampeln; die B 191 wird nämlich just vor der Brücke noch von einer Kreis-

straße gekreuzt, die linkerhand nach Dömitz und rechts nach Wehningen und Tripkau führt.
Julischka und ich waren in Dömitz gewesen, unser Wagen aber stand rechts im Wehninger Forst. Wir warteten also vor der Ampel, die für Radfahrer und Fußgänger noch Rot zeigte - Julischka brav und ergeben an der Leine.
Dann kam Gelb, und der gewaltige Strom der Personen- und Lastautos auf der Bundesstraße verlangsamte sich. Dann sprang die Ampel für jene auf Rot und für uns auf Grün. Und wir überquerten die Fahrbahn.
Ein schwarz-flaches Riesengeschoß, aufheulend von rechts: Ein schnittiger Sportwagen hat das Rot nicht beachtet, zischt mit jaulendem Motor exakt auf unsre Flanke los, irrsinnig an der langen, wartenden Wagenschlange vorbei.
Komm, Juli! schreie ich, springe und reiße den Hund an der Leine nach vorn.
Scharf stoßender Luftdruck gegen meinen Rücken, das quietschende Aufheulen bremsender Reifen. Ein Winsel-Schrei des Hundes; er reißt mir die Leine aus der Hand; ich renne gegen einen Begrenzungspfahl, stolpere, rapple mich hoch…
Da läuft der Hund… steht… schaut zu mir…
Und das war's.
Und das alles in weniger als einer Sekunde.
Ich stürze zum Hündchen, nehme die Leine auf.
Juli-Herz!,…
Hinter uns erhebt und steigert sich das Brummen der Motoren. Der Blechschuppen-Drache mit den Gummifüßen, der namenlose Moloch mit dem Namen

Verkehr rollt wieder an.

Ist nichts weiter passiert!
Schon strömt es wieder, das harte Blut des Handels und Wandels.
Wir beide aber tappen, straucheln am Waldrand dahin. Dann knie ich mich ins Gras und halte den zitternden Hund im Arm.
Juli-Herz!
Alles geben die, die unendlichen…
Aber wußten wir denn, daß wir ihre Lieblinge sind?
Und - war es also *daß*? Mußten wir deshalb so unbegreiflich eilen, weil es uns bestimmt war, diesem rasanten Sportwagen noch zu begegnen?

Was dann doch nicht mehr *ganz* gelang, nur beinah?

Schau, das Glück der Gegenwart!

ENTTÄUSCHUNG

Schlecht, sehr schlecht geht es derzeit unsern russischen Freunden Valentin (65, Dipl.-Ing.) und Alja (60, Hausfrau). Nicht gesundheitlich zwar, zum Glück! Wohl aber wirtschaftlich. Valentin wurde vor einiger Zeit Rentner; er mußte es, und er wollte es auch gern. Aber die Rente fällt dermaßen gering aus, daß das Ehepaar sein Stadtleben in Sankt-Petersburg (dem vormaligen Leningrad) damit nicht mehr finanzieren kann.
Dabei waren die Beiden nie anspruchsvoll - nie überdurchschnittlich anspruchsvoll jedenfalls.
Man muß aber versuchen, solche Angaben zu relativieren. Bei uns, im Westdeutschland der achtziger Jahre würde derjenige Ingenieur im Staatsdienst anspruchsvoll sein, der nach seiner Pensionierung zwei Villen in Blankenese und zwei Superklasse-Autos mit Chauffeuren zu halten wünschte. In Petersburg wäre es derjenige, der seine Zweizimmer-Mietwohnung im Wyborger Bezirk mit einem echten Teppich schmücken wollte.
Valentin und Alja besitzen keinen Teppich. Das Wohnzimmer ziert ein durchgewetztes Fußboden-Textil aus den dreißiger Jahren, im Schlafzimmer gibt's das übliche rissige Massenparkett (Holz war jahrzehntelang billig und wurde jahrzehntelang schlampig verarbeitet), und in Küche, Flur und Klo liegt natürlich Stragula.
Diese Ausstattung, deren sich ein berenteter Hilfsarbeiter bei uns zulande schämen würde, gilt dort als vergleichsweise komfortabel.

Die Beiden sind also *vergleichsweise* vornehme Leute. Nur, sie genießen halt keinerlei Privilegien. Er war nicht in der Partei (!), trägt keinen einzigen Verdienstorden und - was sich am nachteiligsten und nachhaltigsten auswirkt -: Diese beiden Menschen sind nicht korrupt. Will sagen: nicht so korrupt, wie man sein müßte, um es etwas bequem zu haben.
Nota bene: Bei uns bildet die Korruption, dieser Extrakt aus hoch infektiösem bakteriellem Eiter, die Grundsubstanz eines beliebten Parfüms. Bei allen offiziellen Anlässen dringt sein bekannter süß-säuerlicher Duft unter den Achselhöhlen der Damen und aus den Kavalierstaschentüchern der Herren hervor - noch etwas häufiger und intensiver als Moschus und Kölnisches Wasser.
In Rußland dagegen findet sich nur die infektiöse Grundsubstanz genau so ubiquitär wie bei uns. Staatsbeamte, Pateifunktionäre, ja selbst LKW-Fahrer und ungelernte Arbeiter sind nämlich von den charakteristischen Eiterpusteln befallen - zumeist an den von Kleidung bedeckten Körperflächen, manchmal auch an den Händen, mitunter sogar im Gesicht. Es geschieht auch durchaus, daß solche Pusteln aufgekratzt werden und der Eiter ausquillt. Es stinkt dann. Freilich, das kann nicht anders ein. Es ist dort eben das Verfahren der Destillation, der Sublimierung noch nicht eingeführt, aus der stinkenden Masse eine duftende Masse zu machen -: ein technisches Manko, wie zahlreiche andere technische Mankos in Rußland. Aber das ist möglicherweise nur eine Frage der Zeit. Zumal jetzt, wo der Osten seine Fenster nach Europa wieder

etwas weiter geöffnet hat, wird gewiß auch unser diesbezüglicher Geruch ihnen bald so verlockend die Nasen kitzeln, daß sie nicht ruhen, bis sie das Patent unseres Verfahrens gekauft (oder stibitzt) haben.

Die Leute sind ja lernfähig.

Nur Valentin und Alja haben nichts dergleichen gelernt. Schlimmer: Sie besitzen nicht einmal richtige Pusteln. Ich bin ja Arzt. So ließen sie mich ihre ganze Haut untersuchen. Ich konnte nur mit den Schultern zucken:

Tja, meine Lieben, es fehlt euch ganz entschieden etwas. Ihr seid einfach nicht normal. Ihr erinnert mich an einen bayerischen Witz, den man sich erzählte, als noch in manchen Alpentälern der Jodmangel-Kropf endemisch war: Es kommt Besuch aus der Stadt, und die kleine Tochter ruft: "Oh, Tante Liesel, hast du einen schönen dünnen Hals!" "Kind, versündige dich nicht", schilt die Mutter, "dank dem Herrgott, daß du dein gesundes Kröpfle hast!"

Kurz: Valtentin und Alja tragen nicht die landesübliche Symptomatik.

Folglich entbehren sie nicht nur vieles, was andere haben, sondern sie werden auch von vielen als unvollständig und nicht zugehörig betrachtet. Was ist denn das auch für eine sonderbare Haut, auf der das Korruptions-Bakterium nicht gedeihen kann?! Da muß schon im Innern etwas nicht stimmen. Zumindest eine Stoffwechselstörung.

Abgetretener Bodenbelag, rissiges Holz, Stragula. - Und seit der Berentung nicht mal mehr satt zu essen.

***

Im sogenannten Zweiten Weltkrieg drangen wir, die Deutschen, unter anderem auch bis zum Peipus-See vor. Der war damals sowjetrussisch, obwohl er vordem den Letten gehört hatte. Winzige, schlichte Bauerndörfchen lagen rings an den Ufern verstreut. Bescheidene Landwirtschaft, Ziegen, hin und wieder Kühe - und natürlich Fischfang -: Das war's, wovon die Leute lebten, damals wie vormals, einerlei ob sie Russen waren oder Letten; auch Aljas Großeltern lebten so. Und die Deutschen, *wir* Deutschen fragten natürlich auch nicht danach, wen man vor sich hatte, Russen oder Letten. Es war Krieg; die Dörfchen wurden unter Beschuß genommen; die meisten der hölzernen Hütten brannten herunter.

Was nicht völlig zerstört worden war, baute man nach dem Krieg wieder notdürftig auf. Notdürftig, das heißt zum Beispiel: Mit angekohlten Balken, geplatzten oder zerbrochenen Ziegeln, mit selbstgeklöwten Schindeln, mit Lehm von den Ufern des Sees, mit Schilf von den Ufern des Sees, mit Moos und Zeitungspapier, um Löcher und Ritzen zu dichten, mit krummen Nägeln aus alten Brettern oder mit verschmorten Nägeln, die in der Asche lagen. Die Ergebnisse dieser Reparatur-Bemühungen sahen dann freilich mitunter nicht wie Hütten aus, eher wie Unterstände oder kleine Schuppen; gerade so, daß die Menschen etwas Dachähnliches über den Köpfen hatten und um sich herum vier Wände - wenn auch löcherige und lökerige. Immerhin, sie lebten, sie überlebten darin - auch Aljas Großeltern. Und als die starben, war Aljas Mutter noch da; und so gab es seither für Alja und Valentin dieses "Haus", diese "Datscha", ein Unterschlupf und Refugium in dem Winzigdörfchen Rybnikowo am Tschudskoije Osiro, wie der Peipussee auf russisch genannt wird. Und wenn Valentin Urlaub hatte, fuhr die Familie dorthin. Und wenn Valentin - mitunter wochenlang - auf Dienstreise war, wurde die Petersburger Wohnung abgeschlossen, und wieder fuhr Alja mit den Kindern "aufs Land".

Die Hoffnung freilich, im Laufe der Jahre aus der kümmerlichen Bretterbude durch eigenen Fleiß und mit irgendwo gefundenen Balken, Brettern oder Blechteilen, oder gar mit einigen Steinen und Zement noch ein richiges Häuslein entwickeln zu können, diese Hoffnung erfüllte sich nicht. Jedenfalls nicht während der Jahre, in denen Valentin noch berufstätig war. Auch damals schon befand sich die Sowjetunion ja in keiner rosigen Wirtschaftsverfassung. Und wenn man nicht kontinuierlich an Ort und Stelle war, erging es einem in Rybnikowo nicht besser als anderswo: Die lieben Nachbarn, auch die liebsten Nachbarn schnappten einem die allenfalls vorhandenen Baumaterialien vor der Nase weg.

Das heißt: Den Valentins wurden sie nicht vor der Nase sondern hinterm Rücken weggeschnappt.

Sie gehörten ja als bloße Feriengäste dcch nie richtig zur Gemeinde. -
Nun aber, nach Valentins Berentung änderte sich die Situation. Man lebte nicht mehr nur gern auf dem Lande, lieber als in der Stadt, sondern nun auch für längere Perioden, wenn möglich, alle Sommermonate hindurch.

***

"Dorogoyj drug", schrieb also Valentin mir eines Tages, "Lieber Freund, wenn du wirklich die Absicht hast, uns zu besuchen, so möchten wir dich bitten, nicht nach Petersburg zu kommen sondern nach Rybnikowo; denn während der ganzen warmen Jahreszeit gedenken wir dort zu leben - zu überleben. Dort können wir Kartoffeln, Salat und Kohl pflanzen, Kaninchen züchten und Fische fangen. Das heißt: Wir haben etwas mehr, etwas besser zu essen als in der Stadt. Und ich denke, das wird auch dir angenehmer sein. Zudem: Wenn du ein Wohnauto besitzest, so brauchen wir dir nicht einmal eines unserer drei vorhandenen Betten anzubieten; du führst gewiß ein bequemeres mit dir. Mach uns also die Freude (ich könnte auch sagen: Bezeige uns die Ehre; aber das magst du ja nicht hören), und scheue nicht den längeren und beschwerlicheren Weg bis ans Ufer unseres idyllischen Tschudskoije Osiro."

Ich nahm mir die Landkarte vor. Von Petersburg waren es etwa dreihundert Kilometer bis zum Peipussee. Ich darf nicht behaupten, daß ich ein leidenschaftliches Verlangen nach dieser Wegstrecke empfand. Allzu lebhaft waren mir noch die Erinnerungen an vorige Rußlandreisen.
Aber sollte ich so eine Einladung ausschlagen? Sollte ich mir die Gelegenheit entgehen lassen, wirklich einmal acht Tage nach altrussischer Manier auf dem "flachen Lande" zuzubringen? Sollte ich - nur aus Scheu vor etwaiger Reise-Unbill - darauf verzichten, stille, gemächliche, beschauliche Stunden mit Valentin am See zu sitzen und zu angeln? Sollte ich Nein sagen, wenn sich mir die Herzwärme eines östlich-ländlichen Sommers anbot?
Das war die *eine* Frage; und die Antwort lautete: Nein.
Und zweitens: Wäre es recht gewesen, die hunderterlei Kleinigkeiten, die ich seit Jahren angehäuft hatte und die Valentin und seiner Familie so nützlich sein konnten, nun nicht auch wirklich hinzutransportieren?
Jetzt litten sie Mangel. Jetzt würden sie sich an den Dingen freuen.
Also! ...

Ein echtes Problem war allerdings, daß mir nicht viel Zeit zur Verfügung stand - und auch nicht viel Kraft. Allenfalls zwölf Tage konnte ich mich aus dem Praxisbetrieb entfernen und spürte im übrigen noch die Erschöpfung nach einer kaum überstandenen Lungenentzündung.

Aber es gab auch eine Erleichterung: Die Reederei Baltic-Line befuhr seit kurzem wieder die Fährstrecke Kiel-Petersburg. Das wollte ich nutzen; dann mußte ich über russische Straßen nur noch von dort zum Peipussee - also die angegebenen dreihundert Kilometerchen.

Die Reise wird minutiös organisiert, der Platz auf dem Fährschiff gebucht. Der Abfahrtstag naht.

***

Morgenfrüh werde ich starten. Vorsichtshalber telefoniere ich noch einmal mit Baltic-Line in Kiel, ob die ANNA KARENINA auch planmäßig ablegt.
Große Erregung beim Agenturbüro:
Wie gut, daß Sie nachfragen! Wir versuchen schon so lange, Sie anzurufen; aber Ihr Telefon ist ja dauernd besetzt (ist es während der Praxiszeiten auch wirklich)! Also, wir müssen Ihnen leider sagen: Die ANNA KARENINA fährt nicht. Das Schiff hat eine kleine Havarie gehabt. Es tut uns außerordentlich leid, aber wir können nichts andres anbieten, als Ihnen das Reisegeld zurückzuerstatten. - Hallo? Hören Sie noch?

Jaja, gewiß! Ich höre!
Und - haben Sie uns verstanden?
Meingott, ja doch, mein Herr! Ich habe sehr wohl verstanden! Aber habe ich denn *richtig* verstanden:

Die ANNA KARENINA fährt nicht?

Ja, mein Herr, es tut uns - wie gesagt - sehr leid. Aber das Schiff hatte eine Havarie, und wir können Ihnen so schnell keine Alternative anbieten.
So, soso. Hm. Nun denn ... Ich habe verstanden.
Gut. Also, Sie wissen bescheid, mein Herr, ja? Bitte, haben Sie also die Freundlichkeit, uns Ihre Kontonummer für die fällige Rücküberweisung in den nächsten Tagen schriftlich mitzuteilen.

Ja ... Ja ... Ich habe ... verstanden. Danke sehr. Ich habe ... ich ...

Gut denn. Auf Wiedersehen!
Ach, Moment doch bitte noch! Hallo? Sind Sie noch am Apparat?
Ja, bitte, ich bin noch dran.
Ja, sagen Sie bitte: Ich hatte doch die Hin- und Rückfahrt auf der ANNA KARENINA bei Ihnen gebucht. Ist denn wenigstens mein Rücktransport Petersburg-Kiel gewährleistet?
Davon, mein Herr, gehen wir aus! Auch Sie können damit rechnen. Andernfalls würden wir Sie umgehend neuerlich in Kenntnis setzten. Aber wie es im Augenblick aussieht -: Schließlich handelt es sich nur um einen geringfügigen Zwischenfall ...
Ja, gut. Ich habe verstanden. - Also, meine Kontonummer. Ja, ich werde sie Ihnen schreiben. Ich danke Ihnen.
Oh, bittesehr, mein Herr! Auf Wiederhören!
Auf Wiederhören!

Ich legte den Hörer auf und ließ meinen Rücken gegen die Stuhllehne sinken.
Cordula schaute mich an; ich schaute Cordula an.
Und nachdem ich dreimal luftgeholt und geschluckt hatte, sagte ich: Entschuldige bitte, aber ich glaube, jetzt brauche ich erstmal ein halbes Stündchen zum Nachdenken.
Dieses halbe Stündchen gestand ich mir zu; und natürlich gestand auch Cordula es mir zu. Aber im Grunde meines Herzens wußte ich sofort:
Ich würde trotzdem fahren.
Mochte es Kraft, Energie und Treibstoff kosten, soviel es wollte -: Jetzt war ich zur Fahrt entschlossen. *Jetzt würde ich fahren.*
Nur ...
freilich ...
eine halbe Stunde brauchte ich für die Einzelheiten.
Ich sah mir neuerlich die Landkarte an -: Es war ein verflucht langer Weg. Auf vermutlich verflucht schlechten Straßen: Berlin - Stettin - Königsberg - Kaunas - Dünaburg - Pleskau - Rybnikowo. (An den Namen sehen Sie, wie alt diese Landkarte ist.) Und es ließ sich unmöglich abschätzen, wie lange ich für die Strecke brauchen würde. Denn Straßen im "Ostblock" sind mindestens so unabschätzbar wie die strauchligen Pfade zur ewigen Seligkeit.

So half also auch keine noch so präzise Planung, es würde eine Fahrt ins Ungewisse werden, und ich mußte auf alle Fälle ein Telegramm an Valentin schicken. (Telefone gibt's dort nicht), damit er nicht ab übermorgendabend in Unruhe säße und wartete:

"FÄHRSCHIFF HAVARIERT. ANKUNFTSTAG UNGEWISS."

Aber alldessen ungeachtet, startete ich am kommenden Morgen, gleich nach Sonnenaufgang.
Fast der gesamte Stauraum des Wohnwagens war vollgestopft mit Geschenken für Rußland: Schuhe, Kleider, Mäntel, Anzüge, Socken, Handschuhe, Zucker, Kaffee, Tee, Zigaretten, diverse Dauer-Nährmittel, Öl, Bratfett, Dauerwurst, haltbarer Käse, eine Akku-Bohrmaschine, Schrauben und Nägel verschiedener Kaliber, Kleinwerkzeuge, Heftpflaster, Mottenpulver, Seife, Waschmittel, Briefpapier, Klopapier und ... und ... und
Für meine eigenen Sachen war kaum noch Platz; und die Gemeinde-Waage, zu der ich vorsichtshalber gefahren war, zeigte fast zehn Zentner mehr an als das zulässige Gesamt-Höchstgewicht des Wagens.
Das spürte man denn auch bereits recht empflindlich auf dem schandbar schlechten Autobahn-Abschnitt Neuruppin - Finow, und es hätte zu den abenteuerlichsten Prognosen für die östlichen Straßenverhältnisse berechtigt - wenn ich mich zu solchen hätte hinreißen lassen. Das unterließ ich vorsichtshalber; und auf dem alten "Reichsautobahn"-Stück Berlin - Stettin wurde es dann ja auch deutlich besser.
Stettin. Vor fünfzig Jahren war das mal die Stadt unserer Bezirksregierung. Heute schreiben wir 1992 nach sogenannter Christlicher Zeitrechnung (wann da wohl mal was Neues kommt?); im streng unter-

teilenden Mauerwerk Osteuropas knirscht und bröckelt es allenthalben. Stettin heißt als polnische Stadt Szczecin. Und jenseits der ehemaligen Sowjetgrenzen erwartet mich heute nicht mehr die Sowjet-Union sondern ein Stückchen Polen, ein Stückchen Ukraine, Weißrußland, Litauen, Lettland, Eestland, Rußland - je nachdem, wo man das Land betritt.
Nur eins ist auch nach dem Einriß und Abriß all der Trennwände genau so geblieben, wie es zuvor war: Die Armut. Zumindest im Vergleich mit dem reichen Westeuropa sind all diese Länder und Ländlein, angefangen von Ostdeutschland (der alten DDR) bis (mindestens) zu einer Linie Archangelsk - Gorkij - Rostov/Don ganz arme Schlucker - sofern sie überhaupt Schlucker sind. Denn - wie erwähnt, es leben genug Menschen dort, die herzlich wenig zu schlucken haben -: Das also - einer meiner Reisegründe, wenn auch gewiß nicht der einzige.

Zwischen West- und Ost-Deutschland brauchte ich keine Grenze mehr zu passieren. Die erste Kontrolle kommt bei Stettin: Deutschland/Polen -: problemlos. So? Nach Rußland fahren Sie? Nach Petersburg? Gut, Sie können den Weg über Kaliningrad (Königsberg) nehmen, das ist der kürzeste und bestausgebaute.
Darf ich die Strecke denn tatsächlich befahren? Das Russische Konsulat in Hamburg hat mir das zwar auch versichert; aber ein Bekannter behauptete, das sei nach wie vor Sperrgebiet.
Kein Problem, mein Herr, sagt der polnische Zöllner, kein Problem!

Wir wünschen Ihnen eine gute Reise! Angenehme Fahrt!
Na, wunderbar! Das hebt meine Stimmung. Zudem scheint die Sonne; es ist jetzt richtig sommerlich schön. Die Straßen in dieser Gegend sind nicht schlecht; und vor lauter Freude spüre ich weder Hunger noch Durst und fahre - fahre - fahre - die ganze herrliche Küstenstraße Kolberg - Stolp - Gdingen entlang. Und als es dunkel ist, halte ich irgendwo im Wald am Putziger Wiek, zwischen Putzig und Zoppot, esse und schlafe unverzüglich - und vorzüglich.

Der Morgen und Vormittag in Danzig. Nette Leute. Blauer Himmel. Keine Besonderheiten. Es sei denn, man wollte eine Menge kleinerer Baustellen mit sehr, sehr, sehr bedächtig arbeitenden Männern als Besonderheiten erwähnen.

Unter der Danziger Bucht und dem Frischen Haff entlang; über Weichsel, Nogat, Elbing, Braunsberg (Braniewo).
Grenzübergang Gronowo - Mamonowo (vormals Heiligenbeil): Wiebitte? Nach Kaliningrad möchten Sie? Als Tourist? Leider unmöglich.

"Leider" sagen sie, die polnischen Zöllner. Überhaupt, sie sind alle riesig nett und hilfsbereit. Kein Grisgram, keine grimmige Visage. Aber - leider - für Touristen unmöglich. Kaliningrad liegt nach wie vor im Sperrgebiet. Hatte also der Bekannte recht, das Russische Konsulat und der Stettiner Zöllner

unrecht? Jein. Das Sperrgebiet ist ein fakultatives:
Ach so, sie bringen Geschenke?!
Ja, ganz viele.
Ach so! Ja, dann ... Haben Sie denn den Vermerk?
Welchen Vermerk, bitte?
Den Vermerk im Visum: "Humanitäre Hilfe"?
Vermerk? Nein. Nur die Hilfe hab ich.
Ja; die nützt nichts.
Doch, die Hilfe nützt.

Sie lachen. Sie lachen! Die Amtssoldaten lachen! Klar, die Hilfe nützt. Aber nur den Empfängern. Nicht Ihnen, mein Herr! Ihnen würde nur der Vermerk im Visum nützen.

Herrgott! Hätt ich das geahnt! Hätte mir das irgendwer gesagt! Wie leicht, wie puppenleicht hätte ich mir selber das "gumanitarnaja pomoschtsch" ins Visum schreiben können!
Aber jetzt - ist es freilich zu spät.
Und wegfahren, Visum korrigieren, wiederkommen? Nein, bei *meinem* Wagen geht das nicht. Der ist bedauerlicherweise unverwechselbar. Dann würden vielleicht nicht mal mehr diese Zöllner lachen.

Na schön. Und wo, bittesehr, wenn Sie so freundlich sein möchten, darf ich denn nun fahren?
Haben Sie eine Karte?
Bitte, gern!
Also, schauen Sie: Erstmal zurück nach Braniewo. Wo steht das denn hier, bei Ihnen? Ach so, da! Oh,

da haben Sie aber noch eine alte, sehr alte Karte! Noch aus der deutschen Zeit! Von Emanuel Kant sozusagen, nichtwahr? (Den kennen sie hier alle! - Dem Namen nach.)
Also: Braunsberg. Aber nicht weiter 'runter nach Elbing, sondern südöstlich, zunächst mal an der Passarge entlang. Wir raten Ihnen: Benutzen Sie die kleinen Straßen! Die sind oft besser als die großen, und da ist viel weniger Verkehr.
Kurzum: Heilsberg - Guttstadt, beziehungsweise Lidsbark - Dobre Miasto. Dann erst die Hauptstraße, genau nach Süden, bis Allenstein (Olsztyn) und von da die große Transitstraße nach Osten bis Mragowo. Und auf *der* Straße bleiben Sie dann, bis Sie drüben sind, in Augustóv.

Ach Freunde, welch ein wunderbares Programm!
Gewiß, ich war enttäuscht; aber das hieß doch wenigstens: nicht mehr getäuscht.
Und die netten Zöllner gaben mir freundlich Zeichen, daß ich auf dem engen Platz vor dem Schlagbaum mit meinem ungeschlachten Gefährt wenden konnte; und sie winkten mir fröhlich und wohlgemut.
Und ich fuhr retour - fröhlich und wohlgemut
schnurstracks in die Hölle.
Eine putzige Hölle. Sommersonnentag, aber nicht drückend, vielmehr eine frische, wohlduftende Briese. Wenn man hielt und ausstieg, hörte man Vögelgesang und das Wiehern von Pferden (man hielt sehr oft und stieg aus!). Und wenn man wieder weiterfuhr (ebensooft), empfand man jeweils tiefe Dank-

barkeit, daß das Auto noch heil war. Denn in dieser wunderbaren, hellen, heilen Welt, in dieser Landschaft voll Lieblichkeit, zwischen Hügeln mit saftigem Grün, an Seen mit sanftblauem Spiegel und schimmerndem Schilf; auf den Sträßlein und Wegelchen und Ackerpfaden, zwischen Dörflein und winzigen Einödgehöften - in all dieser wonnigen, bezaubernden Idylle gab es zweierlei, was für mich und mein Fahrzeug wirklich höllisch war: Keine Straßen und keine Wegweiser.

"Keine" - zugegeben, das ist ein bißchen über-untertrieben. Aber eben wirklich nur ein bißchen.
Wir beide, der Wagen und ich brüsten uns, eitel, wie wir sind, schon manche Tour mit einander gemacht zu haben. Nie, noch nie aber eine derart närrische.
Diese sogenannten Straßen in Polen (ich möchte gleich hier anmerken: Das gilt nicht nur für Polen aber doch für Polen und Rußland insonderheit und zwar - wie ich später erfuhr, auch für die "großen" Staats- und Transit-Straßen) - diese sogenannten Straßen also sind für ein Auto, das nicht als Geländefahrzeug sondern als Wohnwagen konzipiert ist, regelrecht mörderisch. Es gibt Wegstrecken, vor denen man durch Hinweisschilder vor allem möglichen Unheil gewarnt wird: vor Querrillen, Längsrillen, Wildwechseln, Baustellen, vor Rindern, Ziegen, Schafen und Elchen oder vor "nicht näher definierten Gefahren". Dort fährt man besonders behutsam und stellt fest: Es ist überhaupt nichts besonderes. Eher im Gegenteil: Dieser Streckenabschnitt war auffallend glatt und gut gehalten; keine

Baustelle, kein Engpaß, keine Rille und kein Rindvieh. So faßt man Mut und Zutrauen, schaltet vom zweiten in den dritten Gang, mitunter, vorwitzig, sogar in den vierten. Und - rrummms! - ohne die mindeste Vorankündigung donnert man hinter einer Kurve in eine Schotterschicht, ein Wirrsal sandiger Geleise oder ein ganzes Netzwerk aus Schlaglöchern und Wassermulden oder in einen einzigen riesigen Bombenkrater oder einfach auf einen Acker oder eine Wiese.
Sie meinen, ich übertreibe schon wieder?
Fahren Sie hin! Probieren Sie's aus!
Oder, bevor Sie selbst mit dem Satan wetten - schauen Sie sich die Achsschenkelbolzen und Radlager meines Wagens an. Die haben den Schmaus gekostet; und sie haben ihn mir gekostet.
Soviel von den Straßen. Man könnte sich von Ort zu Ort in Einzelschilderungen ergehen; aber ich will Sie verschonen. Auch das Schreckliche wird irgendwann langweilig.

Das Grauen, allzu oft geschildert,
wirkt nicht mehr grauenhaft.
Der Sinn hat sich gehärtet und gestrafft,
das seelische Empfinden ist verwildert...

Indessen, der Straßenzustand, genauer: das, was man bei uns Fahrbahnbedeckung nennen würde, also Asphalt, Beton oder schlicht: Pflaster -: Das war ja nur das *eine* Höllische, von dem ich zu berichten habe.
Das zweite war die Beschilderung.

Wenn hierzuland ein Wegweiser nach A-Dorf, B-Hausen oder C-Stadt weist, so darf man diesem Hinweis vertrauen. Meist findet man auf der gleichen Tafel auch noch eine Entfernungsangabe; bei Autobahnschildern zum Beispiel "350 km", bei Wanderwegen etwa "3/4 Stunde zu Fuß". Der Wanderer oder Kraftfahrer darf damit rechnen, gemäß dieser Daten wirklich in A-Dorf, B-Hausen oder C-Stadt anzukommen.
Nicht so - oh nein, durchaus nicht so auf meiner Route! Nachdem ich wohl ein Dutzend mal einem Wegschild gefolgt und an einem andern Ort angekommen war, gewann ich den Eindruck, entweder müßten Menschen diese Schilder aufgestellt haben, die selber die Richtung der Wege nicht kannten oder solche, die (die Ortsnamen) nicht lesen konnten - oder beides. Oder daß ein Großteil solcher Landschaftszierrate überhaupt nur zum Spaß, als Jux, als Narretei oder Dummjungens-Streich aufgestellt sei. Ich verweigerte ihnen also jegliches Vertrauen und ging dazu über, in jedem zweiten oder dritten Nest, durch das ich kam, nach der Richtung für meine Weiterfahrt zu fragen.
Aber, oh liebe Freunde, da wurde das Chaos erst perfekt.
Wußten die Leute es nie? Wollten sie mich zum besten haben? Verstanden sie meine Fragen und/oder ich ihre Antworten nicht? Ach doch, das schon. Und sie waren ja auch alle dermaßen nett und freundlich und hilfsbereit und schauten so treuvertraulich drein, so bemüht und angestrengt und so gescheit ...

Aber - ganz augenscheinlich - sie kannten die Gegend nicht besser als ich. Wohnten sie noch nicht lang genug hier, so daß sie kaum je den Namen des nächstgelegenen Ortes gehört, geschweige denn den Fuß aus dem eigenen hinausgesetzt hatten?
Am wunderbarsten gestaltete sich dieses Spiel in größeren Flecken mit einem sogenannten Kreisverkehr. Stellen Sie sich etwa das Städchen Olsztyn/Allenstein vor, in dessen Zentrum ein großer runder Platz liegt, von dem strahlenförmig Straßen in die verschiedenen Himmelsrichtungen ausgehen. Da Allenstein eine Stadt ist und an der Einfahrt dieser Sternstraßen jeweils Wegweiser standen, versuchte ich es hier erst nochmal nach der alten Manier. Nachdem ich aber dreimal hatte umkehren müssen, begann ich zu fragen, wo es denn wohl, bittesehr, nach Lyck gehe. Meine Damen und Herren, ich fragte vier honorig aussehende Bürger, darunter einen Verkehrspolizisten. Ich folgte ihren Weisungen und fuhr viermal falsch.

Alle Westeuropäer kennen gewiß jene lustigen drehbaren Reklameschilder, wie sie bei uns oft an Tankstellen, Kaufhäusern oder Supermärkten aufgestellt werden: In einem rechteckigen Stahlrohr-Rahmen hängt beweglich an senkrechter Achse ein S-förmig geschwungenes Blechschild, das schon von geringem Lufthauch in Drehung versetzt wird. Auf diesem Schild steht in knallbunter Schrift irgendein lockendes Wort geschrieben, zum Beispiel "Tankstelle" oder "Kaufhaus" oder "Supermarkt". Nur, bei uns stehen diese lustig-luftigen Hinweis-Propeller stets unmittelbar bei dem angezeigten Objekt. Für Allenstein und ähnliche Orte will ich sie nun aber zur Aufstellung auf Kreisverkehrsplätzen empfehlen. Und es sollen darauf alle Nachbarorte unter einander verzeichnet sein.

Neidenburg
Guttstadt
Wartenburg
Osterorde
Ortelsburg

So. Und dann mag der Wind das Fähnchen drehn, wohin immer er will. Wir werden der gezeigten Richtung folgen und mit absolut tödlicher Sicherheit dahin gelangen, wohin ...
Wie gesagt, schnurstracks in die Hölle.
Nun, Scherz beiseite! Diese ganze menschenverachtende, fremdenfeindliche, touristentötende Schlamperei mag an hellen Tagen noch von einer gewissen Komik sein. Aber nun lassen wir's mal dunkel werden (und auch im Sommer wird es ja mal dunkel), oder lassen wir's regnen und hernach dickgrau neblig sein -: Dann ist es nicht mehr lustig. Dann bemächtigt sich unser die Verzagtheit.
Und wir halten beim nächsten Waldstück, stellen den Motor ab, schreiben die erfolgreiche Tour ins Logbuch, trinken einen Schnaps, legen uns hin, ziehen die Decke über die Ohren und schlafen, schlafen wie aquis submersus.

***

Zeitig wieder wach. Ein frischer, wunderbarer Morgen. Kalt duschen - draußen, neben dem Wagen; kurzes Frühstück. Abfahrt, noch eh die Sonne über die Hügel schaut. Fahren wir ihr entgegen!
Die Landschaft erinnert ans Allgäu; doch ist dort die Luft in dieser Jahreszeit gelinder. Hier weht ständig ein charakterfestes Windchen aus Nordwest, also von der Ostsee her. Und es riecht nicht nach Heu oder Grummet sondern nach Masuren. Störche auf den Wiesen, Lerchen in der Luft; Dohlenschwärme.
Im nächsten Dorf - keinerlei Wegzeichen. Aber ein Frühaufsteher: Kätner mit Sense, Grünfutter zu schneiden. Versteht deutsch! (Welches allgäuerische Milchbäuerlein verstünde morgens im taunassen Grase polnisch?!)

Weg zum Grenzübergang?
Ja, ganz einfach: Hinterm übernächsten Dorf.
Oh, wunderbar! Vielen Dank!

Schmale aber gut gehaltene Asphaltstraße. Ziemlich steil hügelan.
Serpentinen.
Morgensonne. Schimmerndes Gras. "In tausend Perlen blitzt und blinkt ..." Banges Herz lacht zaghaft.
Auf Hügelhöhe kleines Hüttchen und was Rotweißes: Schlagbaum! Wahrhaftigen Himmels! Phantastisch! Der Bauer sprach die Wahrheit.
Neben dem Hüttchen zwei Uniformierte mit Ferngläsern. Wie lange mögen die mein Zigeunergefährt schon schmunzelnd beobachtet haben! Man kann

meinen Weg von hier leicht zehn bis fünfzehn Kilometer weit zurück überblicken. Guter Ausguckposten!
Guten Morgen! Dobre djen!
Riesig nette, lachende Jungens. Staunen: Was ich denn hier möchte?
Über die Grenze.
Wiebitte?
Über die Grenze. Ich möchte gern ...
Na, und so weiter ...
Und hier, bitte, sind meine Papiere.

Naja, ich mach's kurz:
Hier dürfen anwohnende Bauern mit Sonderausweisen passieren, um auf ihren Äckern zu arbeiten. Sonst niemand. Die Asphaltstraße endet nach etwa zwei Kilometern.
Aha.
Und ... würden Sie mir denn vielleicht freundlich sagen, wie ich nun zu einem richtigen, für Touristenautos passierbaren Grenzübergang gelange?
Wieder schauen wir gemeinsam auf die Karte. Sie erklärten es mir, und ich zeichne mir die Route mit Bleistift ein.
Wieder geben sie mir Handzeichen beim Wenden und - winken fröhlich und wohlgemut.
Ich? Auch noch fröhlich und wohlgemut?
Na, es geht so einigermaßen.
Und es bessert sich alsbald, weil der Tag wieder schön wird und weil ich mithilfe des Kompaß' und einiger weniger lesbarer Straßenschilder sehe, daß die Richtung stimmt.

Und endlich - wirklich:
Polnisch-litauische Grenze.
Aber fragen Sie mich nicht, ob ich zwischen Lyck und Suwalki bin oder zwischen Suwalki und Alytus!
Staub, Dreck. Ein wenig Wartezeit, ein paar Autos und Motorräder; aber keine unnötigen Umstände.
Paßkontrolle - sonst nichts.

Nachmittagshitze. Gewitter. Kleine Pause.

Dann müßte irgendwann Kaunas kommen, zumindest die Memel (sprich: Njemen). Aber stattdessen kommt Nebel.
Erst sieht man noch fünfzig Meter weit, dann zwanzig, dann zehn. Dann so gut wie nichts mehr.
Mag sein, daß sich die Memel hier irgendwo in ihrem Bett wälzt. Ich will es ihr gleichtun.
Nur irgendwo etwas seitab der Straße.
Kein Experiment mehr.
Schluß für heute.
Schlafen!

Morgens: Kaum ein Unterschied zu gestern - nur der eine: Ich bin ausgeruht. Also weiter.
Grau - grau - grau. Und dann, als ich laut Kompaß genau nach Osten fahre: Die Sonne hinterm Nebel.
Das heißt: Nebel im Gegenlicht!
Das Widerlichste, was den Augen widerfahren kann: Weiße, gleißende Höllen-Helle.
Aber nur langsam weiter. Irgendwann wird er doch lockerer werden, der Nebel. Irgendwann wird ihn die Sonne doch wegdampfen.

Irgendwann...
Nichts davon.
Zweiter Gang. Erster Gang. Zweiter Gang. Erster Gang. Und dabei befinde ich mich jetzt auf der mehrspurigen Staatsstraße, die auch ganz manierlich gehalten ist. Ich *könnte* also vorwärts kommen. Aber der Tacho verrät mir - Viertelstunde um Viertelstunde, daß all mein Motorgebrumm und vor allem all mein fürchterlich angestrengtes Schauen kaum zu Buche schlug.
Nur zu Sinne schlägt's. Aus dem Gesichtssinn wird langsam aber unausweichlich ein perfekter Trübsinn.
Und es bleibt beim strahlenden, beißenden Weißgrau.
Und die Augen brennen. Und der Mut sinkt proportional zum Treibstoffvorrat.
Zwischendurch immer wieder kurze Abschnitte geringerer Nebeldichte; manchmal in Ortschaften; manchmal mit dem Blick auf große, Autobahnimitierende Hinweisschilder. Zum Beispiel: RIGA, VILNIUS, LENINGRAD; oder auch schon übermalt: VILNA, PETERSBURG. Und mit in der Gesellschaft dieser Metropolen stets ein gewisses ZARASAI. Komisch, welche Stadt ist das eigentlich? Was hieß früher oder heißt neuerdings Zarasai? Soll das vielleicht Schaulen sein oder Dünaburg oder etwa Kaunas? Nein, kann nicht; Kaunas steht einmal mit Zarasai gemeinsam auf einem Schild. Scheidet also aus. Aber zeigt mir wenigstens, daß ich noch auf dem richtigen Weg bin.
Dann ein paar Kilometer nebelfrei. Schöne Land-

schaft. Nur leider keine Beschilderung.
Zum Mittag wieder dicke Nebelsuppe.
Erster Gang. Dörfchen. Eng stehende Häuser. Kurvenreiche Durchfahrt. Straße steigt an. Links zwischen Hausgärten hindurch Blick auf ferngroßen See mit Nebelschwaden darüber.
Stopp!
Engstelle!
Beinah hätte ich ein Haus gerammt.
Straße immer noch bergan. Dann Kuppe. Und da - plötzlich - was seh ich und bin doch gerade schon vorbei? Konnt's nur noch aus dem Augenwinkel wahrnehmen?:
Ein Orts-Ende-Schild: Schräg-rot durchstrichener Name: *ZARASAI*. Da muß ich hellauf lachen: Ein Nest! Ein Dörflein, ein Weiler! Aber sein Name unter den Hauptstädten der Welt! Das erinnert wirklich an die Worte des Propheten Micha (Kapitel 5, Vers 1): Du Bethlehem, du Fruchtbare, obwohl nur ein kleiner Wohnplatz in Juda: Aus dir soll mir der kommen, der über mein Israel der Herr sei.
Also: Ende Bethlehem, Ende Zarasai und - na endlich! - Ende des Nebels.

Und schon wartet die nächste Überraschung:
Ein *ZOLL* - Schild!
Und nun - endlich! - begreife ich auch die Wichtigkeit des auf der Karte unauffindbaren Zarasai: Es ist halt der litauisch-lettische Grenzort, etwa dreißig Kilometer südlich Daugavpils, was früher mal Dünaburg hieß. Und *so* klein, wie der Nebel und ich ihn gemacht haben, ist er in Wirklichkeit garnicht.

Aber es ist eben augenblicklich noch sehr schwierig, von diesem ganzen Gebiet wirklich verläßliche Landkarten zu bekommen. Auch der größte norddeutsche Kartenlieferant, Dr. Götze in Hamburg, mußte kapitulieren, obgleich ich bereits acht Wochen vor meiner Reise dort das Entsprechende bestellt hatte.
Aber wie will man auch ein hübsches Photo von einer Landschaft machen, wenn sie dauernd wackelt?! Und hier wackelt es seit neulich ja nun wirklich unausgesetzt.
Merke: Wer vor einer Fahrt keine gute Karte hat, hat auch auf der Fahrt schlechte Karten.
Todmüde von der Augenanstrengung. Schlafpause.
Etwas essen und trinken. Weiter. Aber nicht mehr weit. Es wird bereits dämmerig.
Nachtrast an abgelegenem, stillem See.
Am kommenden Tag lasse ich's etwas ruhiger angehn, schlafe aus, esse vernünftig, fahre erst ab, als die Sonne schon rechts hinter mir steht. Dann rechterhand, drunten neuerlich ein wunderbarer, großer See. Sonne flimmert; Wind spielt mit Schilf und Pappeln.
Soll ich wirklich vorbeihetzen?
Nein. Halten. Staffelei und Farben heraus.
Stille. Muße.
Drei volle, glückliche Arbeitsstunden. Nur der Teichrohrsänger und zwei Raben sind zu vernehmen. Und der gnädige Sommerwind.
Ob das Bild gut geworden ist, weiß ich nicht. Ob's schön ist, auch nicht. Aber ich glaube, heiter dürfte es geworden sein...

Fröhliche Weiterfahrt.
Lettisch-russische Grenze etwa auf der Hälfte zwischen Resekné und Pskow (früher Pleskau).
Meine Erfahrungen mit russischen Grenzkontrolleuren sind nicht erfreulich. Zwar, die "Volkspolizisten" der ehemaligen DDR verhielten sich im Durchschnitt noch vieser, mieser, böser und schikanöser; aber die sowjetrussischen Zöllner machten sich durchaus auch ein Vergnügen daraus, die Kundschaft zu ängstigen, zu verunsichern, zu demütigen, zu bestehlen, zu betrügen und belügen und sie in jeder vertretbaren Weise ihre Nichtigkeit gegenüber der eigenen, russischen Wichtigkeit spüren zu lassen.
Aber mittlerweile schreiben wir 1992, und das Sowjet-Imperium ist ein Trümmerhaufen, aus dessen Bauschutt sich die einzelnen Republiken mit staubigen Schlafmützen hervorwühlen. Man darf also auch beim Berühren russischen Bodens wohl erwarten, nicht mehr wie ein Einbrecher empfangen zu werden.

Betoniertes Park- oder zumindest Halte-Terrain, etwa fünfzig Meter im Geviert. Zollhäuslein aus Steinen und Zement. Fünf Uniformierte. Korrekt, seriös, amtsbewußt.
Erstmals auf dieser Fahrt *nicht* lediglich Paßkontrolle. Erstmals: Aussteigen. Fragen beantworten (auf russisch!):
Führen Sie Waffen mit sich? Wertsachen? Wieviel Geld? Welche Währungen? Haben Sie Rauschgift? Kunstgegenstände?...

Bitte, kommen Sie mit ins Haus.
Bitte, füllen Sie dieses Formular aus.
Jedesmal: "Bitte"!
Und dann: Wiebitte? Wiebitte? Sie wollen uns erzählen, Sie hätten keine Wertsachen bei sich?
Ja, nun, ich habe meine Armbanduhr; das ist freilich eine echte alte Jaeger-Le Coultre; und ich habe meinen Marschkompaß und einen Foto-Apparat und ein Fernglas. Und eine Menge Geschenke für meine russischen Freunde.
Nein, nein, das alles meinen wir nicht. Wir meinen Gold, Brillanten, Familiensilber, Briefmarkensammlungen, Kunstgegenstände wie zum Beispiel Gemälde ...
Nein, wirklich, Sie dürfen gern alles durchsuchen, auch mich selbst: Nichts von alledem... Ach, halt! Moment! Ich hab ein Bild mit, was ich gerade gemalt habe; noch feucht. Wenn Sie das als Kunstobjekt werten, dann..
Aber etwas möcht ich gleich anmerken: Das Bild will ich nicht hierlassen. Ich werde es auf der Rückfahrt wieder ausführen. Und - wie ich sehr hoffe - auch noch weitere Bilder, die ich bis dahin zu malen gedenke.
Das war denn doch etwas viel für die jungen Herren Zollsoldaten, etwas viel an Abnormitäten und - wohl auch zu wenig an Russischkenntnissen meinerseits. Sie waren nicht sicher, und ich war nicht sicher, was von meinem Gerede sie richtig, was falsch, was garnicht verstanden hatten.
Bitte, nehmen Sie hier Platz! Wir werden unsern Natschalnik anrufen, unsern Chef. Der spricht gut

deutsch. Mit dem mögen Sie sich unterhalten.
Man telefoniert. Man telefoniert nochmals; die Mienen bleiben amtsbeflissen, aber sie hellen sich etwas auf.
Wir bitten Sie um Geduld. Der Natschalnik wird kommen.
Oh liebe Freunde, welch ein Unterschied zu den Malen von ehedem, wenn ich russische Grenzen passierte! Heute kein einziges unhöfliches Wort, kein finsterer Blick, keine rüde Geste, auch nicht *ein* Handgriff, der nicht sachlich begründet und berechtigt erschien. Es geht also auch so!
So sitze ich gern auf ihrem Stühlchen, und die Geduld kostet mich keine Mühe; und wir radebrechen ganz locker und angelegentlich über Wetter und Welt. Und da geht auch schon die Tür auf, und groß, voll, gewichtig erwächst darin der Herr Major:
Dienstmütze, Epauletten mit Sternen, breite Ordensbrust; und vor der Mondesrunde des prallen Angesichts strömt ihm aus breitem Munde der Wodka-Duft, sonst nichts.
Guten Tag, Herr Major! Wie schön, daß Sie sich persönlich die Zeit nehmen...
Guten Tag, mein Herr! Bitte, nehmen Sie wieder Platz!
Also, was gibt es für Probleme?

Alles wird nochmals erklärt.
Nun ja, dann müssen wir sehen, ob Sie die Wahrheit gesprochen haben, das heißt: ob Sie wirklich ein Maler sind. - Bitte, kommen Sie mit!
Wir treten aus dem Häuslein; die fünf Chargierten

begleiten uns.
Und dann:
Hakt sich der Herr Major jovial-kollegial mit dem linken Arm bei mir ein, den rechten aber - mit breiter, gepflegter Hand - hebt er zu großer erdumspannender Gebärde:
Sie sehen, mein Herr, dort hinten den Horizont mit dem dunklen Kranz erhabener Wälder. Sie sehen im Mittelgrund die schlanken Pappeln und stämmigen Weiden, die den hurtigen Fluß begleiten und den geruhsamen See umschatten. Sie sehen linkerhand, ferne das Dorf mit seinem Kirchlein und rechts den schlichten hölzernen Feldschuppen - schief schon und schwach vom Ertragen jahrzehntelanger Witterung. - Mit einem Wort: Sie sehen unser wunderbares, alt-ehrwürdiges, geliebtes Mütterchen Rußland, unsere Heimat von Ewigkeit zu Ewigkeit... Und nun also denn, kommen Sie, greifen Sie zu Pinsel und Palette, wählen Sie die würdigsten unter Ihren Farben aus, und malen Sie uns dieses Bild! Sie haben ja gesehen: Die Wände in unserem Dienstgebäude sind so gut wie kahl. Ein schönes, großes Landschaftsgemälde würde dem Raum zur Zierde, Ihnen aber zu Ehre und Ruhm gereichen!
Also sprach der Erhabene.

Sie alle, meine Leser, kennen vermutlich die Anecdote von Enrico Caruso, der Geld von einer Bank holen wollte, sich aber nicht ausweisen konnte. Da sang er den Bankern ganz einfach was vor. Und da *war* er Caruso und kriegte sein Geld.
Ich bin nicht Caruso. Vielmehr spüre ich plötzlich,

daß ich ganz etwas anderes bin; nämlich totmüde. Ich merke, daß die letzten achtundvierzig Stunden mich ausgelaugt haben. - Und noch etwas kommt hinzu: Es widert mich geradezu an, auf Befehl malen zu sollen. Es wird nie, niemals etwas Vernünftiges daraus, wenn nicht ein innerer oder äußerer Aspekt mich "von sich aus" lockt.
Herr Major, oder Herr Oberst, verzeihen Sie mir! Seien Sie bitte nicht ungehalten, sondern bleiben Sie ein so gütiger Mensch, wie Sie es im Grunde Ihrer Seele sind. Verstehen Sie bitte: Ich bin jetzt einfach zu müde zum Malen. Aber ich bitte Sie, Sie alle gemeinsam, meine Herren kommen Sie, treten Sie ein in mein bescheidenes Rollhüttchen, nehmen Sie rings herum Platz, und ich will Ihnen das frisch gemalte Bild zeigen, aufdaß es Ihnen zur Lust der Augen gereiche und Sie mir Glauben schenken! - Bitte, kommen Sie, treten Sie ein!
Na gut, ich gebe zu, Sie haben schon ein mühevolles Wegstück hinter sich. Gut denn, ich will Ihnen nachgeben. - Leute kommt! Steigen wir ein!
Sie kommen. Die Fünf setzen sich, sitzen - artig, sittsam, mucksmäuschenstill wie wohlerzogene Kinder einer Sonntagsschulklasse; allein der Natschalnik bleibt stehn.
Vorsichtig ziehe ich das Bild aus dem Trockenkasten, halte es hoch, für alle sichtbar.
Sie schauen - und schauen - stumm. Nie zuvor hat ein Mensch mit solcher Hingabe meine dilettantischen Schmirakel betrachtet wie diese sechs Männer.
Schön! sagte dann der Major; wirklich sehr schön.

Und das haben *Sie* gemalt?
Ich stelle das Bild auf den Fußboden, behutsam an den Schrank gelehnt, damit nichts eingesaut wird.
Bitte, Herr Oberst, würden Sie nähertreten?
Ich nehme seine rechte Hand, die er mir willig-willenlos läßt, spreize seinen Daumen ab, presse ihn - pitsch - dick und platt, wie zum Erwerb eines Fingerabdrucks rechts oben in die Bildecke, aufs leuchtende Azur. Er lacht. Seine Leute grinsen.
Dann führe ich seine Hand aufwärts und drücke den breiten, blauen, wohlgepflegten Daumen auf seine breite, rote, wohlgepflegte Nase.

Schallendes Gelächter. Händeklatschen.
Erlösung. Entspannung. Als hätten sie der Aufführung eines spannenden Dramas beigewohnt.
Und - das war's.
Alles in Ordnung! sagt der Major. Wir sind zufrieden. Es ist alles in bester Ordnung. Fahren Sie, mein Herr! Fahren Sie weiter! Fahren Sie glücklich! Und Gott mit Ihnen! Nur eins, bitte, versprechen Sie uns: Sollten Sie auf der Rückreise wieder hier des Wegs kommen, so nehmen Sie sich Zeit für uns! Richten Sie es so ein, daß Sie uns dann hier unsere Landschaft malen können, ja? Wir alle bitten Sie! Und nun - eine glückliche Reise!

***

Grüne Ebene, getränkt von den Bächen, die in die Sinjaja und Welikaja fließen. Alt-uraltes Rußland zwischen Opotschka und Wilikije-Luki, zwischen Ostrow und Pskow. Alles wie vor hundert, wie vor zweihundert Jahren. "Es lebte einmal ein Zar, der hielt eine stattliche Burg"."Es lebte einmal ein armer Bauer mit seiner Frau in einer kleinen Hütte". Nichts, nichts hat sich geändert seither. Die Lastautos, die von Zeit zu Zeit rücksichtslos durch die Dörfer donnern, gehören eigentlich nicht hierhin; sie stammen aus einer anderen Welt.
Hier ist die Sense zu Hause und die hölzerne Heuharke, hier hat man Schachtbrunnen und Schindeldach, geflochtenen Weidenzaun und geschnitzte Fensterläden. Kleine Dörfchen mit kleinen Zwiebelturm-Kirchlein und kleinen Friedhöfchen mit bescheidenen eisernen Russenkreuzen. Es war einmal..., es lebten einmal... Aber nicht nur der Anfang aller Märchen gilt, sondern auch der Schluß: "Und wenn sie nicht gestorben sind, so leben sie noch heute". Sie leben noch heute. Alle. Die Armen und die Ärmsten, die Nichtwissenden und Nichthabenden. Trotz Marx und dank des Marxismus; trotz Stalin und dank des Stalinismus. Und - trotz Gorbatschoff. So, liebe Freunde, so ausgeprägt hatte ich das nicht gewußt.

***

In einem der ungezählten Straßendörfchen, durch die ich fahre, winkt jemand und möchte mitgenommen werden. Aber ich getraue mich nicht recht; bin

erst so kurz im Land. Werde ich mich genügend verständigen können? Und außerdem liegt der Beifahrersitz voller Krimskrams: Wollpullover, Straßenkarten, Straßenatlas, Kekse...
Aber nachdem ich vorbeigefahren bin, schäme ich mich, beschließe: Der Nächste wird mitgenommen und deponiere vorsorglich den gesamten Krimskrams auf den Fußboden, zwischen die Sitze, direkt neben den Ganghebel. (In diesem Wagen gibt es keinen Mitteltunnel; Motor vorn und Frontanantrieb. Der Boden zwischen Fahrer- und Beifahrersitz ist freie Fläche.)
"Der Nächste" läßt nicht lange auf sich warten. Ein klein-lumpig Weiblein mit dreckigem, geflicktem Jutesack steht winkend im staubigen Gras. Ich halte. Sie ist so kleinwüchsig wie ein zehnjähriges Kind, schaut ein bißchen kretinistisch drein und stinkt ungeheuer nach Sonstigem und nach Schnaps. Die Sitze oder auch nur die Trittstufen dieses Wagens zu erklimmen, wäre für sie unmöglich. Ich muß sie schon heraufheben. Und dann sitzt sie da - starr vor Staunen, vielleicht weil in diesem Wagen die Staubschichten noch nicht so dick und die Rostschichten noch nicht so dünn sind wie in hiesigen Fahrzeugen? Oder weil sie so hoch über Grund schwebt? Oder weil der sehr laute Motor für Ihre Begriffe so leise brummt? Ich weiß es nicht. Sie sitzt starr und schaut mal nach draußen, mal zu mir und hält ihr Säcklein mit beiden dicken Fäustchen fest.
Wie fahren. Sie schaut fasziniert nach draußen.
Kommt, Mütterchen, erzählt mir ein bißchen was!
Oh, oh, oh, Ihr sprecht russisch?! Ja, dann ist es ja

gut! Dann ist ja alles gut!
Ja, ein ganz klein Bißchen sprech ich. Jetzt sagt mir mal zuerst, wohin Ihr möchtet.
Nach Pskow.
Ach du liebe Zeit, bis nach Pskow! Das ist aber noch ein gutes Stück hin!
Ja, ich weiß. Das macht nichts. Ich habs nicht eilig.
Dann ist es gut. - Es gibt ja so ein schönes russisches Sprichwort, so etwa: Eile mit Weile; wer langsam fährt, kommt schneller an.
Ach, achachach, Ihr kennt sogar Sprichwörter! Das ist aber gut, das ist wirklich gut. Kennt Ihr denn auch das Lied dazu?
Das Lied - wozu? Zu dem Sprichwort?
Ja! Natürlich! Da gibt's doch ein ganzes Lied zu!
Sie taut auf.

Bitte, zeigen Sie mir mal einen echten Russen, der erst stehen und gehen mußte und dann fahren darf -: Spätestens nach ein, zwei Werst Wegstrecke wird er zu singen beginnen. Tut er's nicht, ist er kein Russe.
Sie, meine kleine, dickzüngige Kretina tat es. Sie war echt.
Doch ehebevor sie ihre wundersame schnarrende, knarrende, quäkelnde, mäkelnde, greinende, weinende Stimme erhob, setzte sie ihren Beutel ab: schicklich vor ihre Füße. Aber dadurch wurde ihr der Raum vor den Füßen zu eng, und mithin vollzog sie eine Ganzkörperwendung nach links (also Front zu mir), setzte dabei den linken Fuß auf meinen Pullover (der hinterm Ganghebel lag), den rechten Fuß auf Atlas, Karten und Keks (vor dem Gang-

hebel) -- und dann sang sie und stampfte mit ihren kurzen, dicken, durchgewetzten, durchgeschwitzten, dreckigen Schuhchen auf all meinem Krimskrams den Takt dazu:

Eile mit Weile!
Kommst schon zu deinem Teile!
Wer langsam fährt,
kommt schneller an!
Noch gibts kein Pferd,
das fliegen kann!
Laß dich nicht jagen!
Schon Pferdchen und Wagen,
schon Riemen und Seile!
Eile mit Weile!

Undsoweiterundsoweiterundsoweiter... Ein oder zwei Dutzend Strophen; und die letzten vier Zeilen immer als Refrain.
Hinreißend!
Dann kuckte sie, ob ich zufrieden sei; anscheinend sah ich nicht so aus.
Soll ich lieber was singen, was Ihr kennt?
Oooch, das ist einerlei. Singt nur irgendwas. Ich hör's gern.
Ich werd was singen, was Ihr bestimmt kennt. Und dann singt Ihr mit, ja?
Na, mal sehn.

Schwarze Augen.
Zwölf Räuber.
Kalinka.
Moskauer Abende.

Es war umwerfend. Jetzt stampfte sie den Takt nicht nur mit den Füßen, jetzt klatschte sie ihn erst mit den eigenen Händen, dann mit ein oder zwei Händen auf meinen blanken Unterarm, der das Lenkrad hielt, wodurch sie gewährleistete, daß wir einige vertrackte Schlaglöcher in letzter Sekunde doch gerade noch voll aus- und durchkosteten.
Und dann...
Wurde sie plötzlich ganz ernst, wendete das schöne Antlitz der Ferne zu, horchte auf die innere Einstimmung und begann dann tief und feierlich:
Roschschiija, Roschschiija, ach rodina maja -
was aber an ihrer dicken Zunge, ihren wulstigen Lippen und ihrem einzahnigen Oberkiefer lag und in Wirklichkeit wahrhaft herzzerbrechend klang und auf deutsch hieß:
Rußland, Rußland, ach meine Heimat!

Sie war enttäuscht, daß ich das Lied nicht kannte und nicht mitsang:
Seid Ihr heiser? Oder was ist?
Nein, Muttchen, es greift mir so ans Herz.
Dann ist es gut. Aber dann werde ich jetzt eine Pause machen
Ja, das tut. Und erzählt mir stattdessen irgendwas.

Und dann erzählte sie und erzählte und erzählte...
Daß ihre Schwiegertochter so garstig zu ihr sei. Daß sie sie beim Einkauf um fünf Rubel betrogen habe. Daß der Rubel ja zwar nichts wert sei, aber immerhin... Daß ihr Vetter in Pskow vor Weihnachten ein Bein gebrochen habe. Daß heuer die Pferde-

bohnen so viele Blattläuse und die Stachelbeeren so dicken Mehltau hätten wie nie zuvor. Und daß sie selber auch schon mal krank gewesen sei - vor zwanzig Jahren ungefähr; da habe sie sogar mit Fieber im Bett gelegen...

Da vorne kommt Pskow, Muttchen; Ihr seid gleich am Ziel.
Das schadet nichts, Onkelchen; ich habs nicht so eilig. Ich hab auch in Gdow noch Verwandte. Dann laßt mich nur ruhig noch bei Euch bleiben, bis Ihr in Gdow seid.
Das geht nicht, mein Töchterchen, denn ich fahre nicht nach Gdow. Ich biege vorher links ab.
Ach, das ist aber sehr, sehr schade. Es ist doch so hübsch, in diesem , in diesem Autobus zu fahren.
Gewiß. Aber das hilft nun nichts. Wir müssen uns trennen.
Was müssen wir?
Wir müssen uns trennen, Muttchen, müssen Lebewohl sagen. Und ich danke Euch für Eure wundernette Unterhaltung! Sie hat mir die Zeit auf das angenehmste dahingehn lassen.
Was bin ich denn schuldig, Onkelchen?
Laßt gut sein, Seelchen! Ist schon gut!
Nein, nein! Hier! Das müßt Ihr von mir annehmen!
Ach, Töchterchen, laßt doch! - So, und nun kommt, ich helf Euch aussteigen.
Gott behüte Euch! Und herzlichen Dank!
Ich danke Euch auch! Lebt wohl! Alles Gute!

Dann fahre ich ein paar Kilometerchen weiter, halte erneut, schüttele meinen Pullover aus, klopfe den Dreck von den Karten, sammele die Kekskrümel auf ...

Und fahre wieder.

Aber nur noch bis zum nächsten Wald. Dann hab ich genug für heute und suche mir einen Rast- und Schlafplatz an einer moorigen Wiese, zwischen Hasel- und Weidensträuchern, unmittelbar neben einem Flüßchen, das sogar jetzt - nach der monatelangen Trockenheit - noch etwas Wasser führt. Hier mag in normalen Jahren wohl ein recht arger Schlamm herrschen.

Die Sonne ist kaum untergegangen, da schlafe ich schon.

Nachts weckt mich ein eintöniges singendes, sirrendes Geräusch, ähnlich als habe ein Bienenschwarm im Wagen Wohnung genommen.

Ich mache erschrocken Licht.

Nein. Gottseidank! Im Wagen ist nichts.

Ich stehe auf, leuchte mit der Taschenlampe nach draußen, in die Luft: Himmelchen! Nicht *ein* Schwarm, nein, *Schwärme*! Aber nicht Bienen sondern Myriaden und Abermyriaden von großen Mücken. Sie stehen in Schwarmformationen über der Tür, vor den Seitenfenstern und vor allem über dem Dachfenster - wohl weil dort die meiste Wärme abstrahlt. Ihr Fluggeräusch ist viel dunkler und sonorer als das unserer heimischen Mücken, wirklich dem von schwärmenden Bienen zum Verwechseln ähnlich. Aber sie halten sich draußen, tanzen diszi-

pliniertt in ihren Cordons und lassen mich unbehelligt.
Nun, dann Gute Nacht - und viel Vergnügen euch allen!
Das letzte Wegstück.
Valentin hat mir eine maßstabgerechte, detaillierte Karte von dieser Strecke gezeichnet. Danach müßte ich die nächsten fünfzig Kilometer noch eine richtige Straße vor mir haben, wenn auch - wie er anmerkt - mit vielen Schlaglöchern und langen Abschnitten bloßen, lockeren Schotterbelags. Das heißt also wieder größte Vorsicht und bestenfalls der dritte, vielleicht nur der zweite Gang. Gut, daß ich nach der Mücken-Visitation gut und ausgiebig geschlafen habe.
Die Straße ist wirklich schlimm, und der dritte Gang bleibt die Ausnahme. Man lernt Geduld, und man wird dankbar für jedes Schlagloch, das man ohne Achsbruch übersteht.
Mittlerweile, denke ich mir, werden Valentin und Alja warten und vielleicht schon um mich bangen. Das heißt: allzusehr bangen gewiß nicht; sie ahnen ja nicht, mit was für einem Fahrzeug ich anreise. Hier gilt pauschal: Deutsche Autos sind gut, deutsche Autos sind stabil, deutsche Autos sind schnell, neu und unverwüstlich.
Gleichwohl, ich bin zwei volle Tage später dran, als ursprünglich vorgesehen. Also: Warten werden sie schon.
Ende der Schlagloch-Schotter-Straße. Abzweigen auf einen festgefahrenen Forstwirtschaftsweg. Acht Kilometer bis zum nächsten Dorf. Danach noch 16,5

Kilometer eines - wie Valentin schreibt - sehr sandigen Weges, teils durch Wald, teils durch braches Feld.
Die acht Kilometer Forstweg gestalten sich schwierig. Sie sind eigentlich nur für Traktoren befahrbar und vielfältig von Raupenfahrzeugen und geschleppten Baustämmen tief zerpflügt. Aber der Grund ist hier einigermaßen kompakt: Der Wald hielt auch während der Dürreperiode sein Minimum an Feuchtigkeit. So spürt man zwar die Ähnlichkeit mit "Märkischer Heide, Märkischem Sand"; aber es geschieht nichts Böses; es ist immer wieder durchzukommen; und so lege ich bald nach Mittag nochmal guten Gewissens eine letzte Schlaf- und Schmause-Pause ein.
Und dann also die letzten 16,5 Kilometer.
"Sehr sandiger Weg".
Zunächst auch hier noch: Wald.
Aber dann Sand, Sand, Sand...
Und halbmetertiefe Fahrrinnen, kreuz und quer zerwirrt und zerwühlt, zerrissen von den Ketten und Riesenrädern der russischen LKW.
Es vergehen keine zehn Minuten, da sitze ich fest.
Früher, im Allgäu, bediente ich mal ein Schneeräumfahrzeug: Unimog mit Beilhack-Doppelfräse. Insofern ist mir das Manöverieren - auch mit schwerem Gerät - nicht fremd. Aber hier... wird's heikel.

Nach einer Viertelstunde stehen die Räder frei und das Kühlerwasser kurz vor dem Kochen. Mir rinnt der Schweiß in Bächen herunter.
Man muß - man müßte sehr genau schauen, wie man

am besten um die ganz tiefen Spurgeleise herumkommt. Um aber genau zu schauen, muß man extrem langsam fahren, sonst sitzt man doch sofort wieder im Abgrund. Fährt man jedoch sehr langsam, hat man nicht Schwung genug, hinter der nächsten Senke wieder bergan zu klimmen; ja, nicht einmal Schwung genug, sich überhaupt in dieser Wüstenlandschaft, dieser metertiefen, mahlenden Staubschicht noch fortzubewegen.

Bisher eigentlich waren der Wagen und ich so gut eine Funktionseinheit wie Pferd und Reiter. Aber jetzt, fürchte ich, werden Motor, Getriebe, Federung und Chassis, ach, wird alles, werden alle Aufbauten des Wagens und sein gesamter Inhalt, seine ganze kostbare Beladung, inclusive dreihundert Liter Wasser wohl denken, ihr Fahrer wäre verrückt geworden: Ein fortwährendes Auf und Ab mit dem Gashebel, ein ständiger Wechsel von Vorwärts- und Rückwärtsgang. Ein Stoßen, Kippen, Schlingern, Schleudern und Rucken -: Ein einziger technischer Wahnsinn.
Und mein Herz arbeitet wie rasend. Schließlich bin ich kein junger Mann mehr und merke außerdem, daß ich eigentlich in die Kategorie "Reconvalescenten" gehöre.
Gut nur, denke ich, gut nur, daß auf dieser Fahrt Cordula nicht mit ist! Die wäre schon drei bis viermal in Ohnmacht gefallen.

Und ebenfalls gut, daß ich auf der Rückfahrt um einige Zentner leichter sein werde: Die Mitbringsel

werde ich los sein; und außerdem werde ich mindestens auf einen Teil des Wassers verzichten. In Petersburg kann ich ja neues an Bord nehmen.
Und dann geht's wieder zweihundert Meter ganz zügig. Und dann sehe ich hinter einer Kurve einen Personenwagen festsitzen, in Gegenrichtung - und zwei Männer dabei, die ihn wieder flottzukriegen versuchen. Und nun ist's natürlich ganz ausgeschlossen, sich die erträglichste Fahrspur auszuwählen. In der sitzt der PKW.
Vielleicht, denke ich mir, vielleicht komme ich mit viel Glück und viel Schwung irgendwie irgendwo vorbei. Und wenn ich vorbei bin, halte ich an nächstmöglicher Stelle und versuche erstmal, den Beiden da 'rauszuhelfen.
Also, ich gebe Gas.
Und - rums - aus.
Halbmetertiefe Senke. Motor abgewürgt.
Rückwärts-vorwärts-rückwärts-Versuch -: Die Räder drehen durch.
Rückwärts- rückwärts - vorwärts - vorwärts - et da capo -: einerlei.
Jetzt sitz ich nicht nur bis über alle Achsen im Sand, sondern der ganze Wagenbauch liegt platt und sanft in Mölm gebettet wie ein Ei im Nest, und der Auspuff blubbert nur noch sacht-ersterbend ein armes Staubwölkchen hervor. Dann nichts mehr.
Finis.
Na gut, dann geh ich halt erst mal zu dem PKW. Vielleicht kann man im team-work, Verzeihung: im Kollektiv...
Gemeinsames Schaufeln, Ziehen, Schieben; wieder

Schaufeln ...
Aussichtslos.

Sie kennen den Ausdruck "DEUS EX MACHINA". Aber kannten Sie auch schon eine MACHINA EX DEO (oder E DEO, wenn sich's Ihnen besser spricht)?
Ich lernte sie jetzt kennen: eine offensichtlich aus Gottes ew'gem Rat hergesandte Maschine. Es war ganz schlicht einer jener hühnenhaften, plumpen, ungeschlachten - aber eben auch wirklich unverwüstlichen östlichen Allzweck-Lastwagen, für die diese sogenannten Wege alltäglich und selbstverständlich sind:
Sechs angetriebene Räder von einem halben Meter Breite und anderthalb Metern Durchmesser.
Er kommt des Wegs. Und hält.
Und da ich wenigstens (im Gegensatz zu den gottvertrauensseligen PKW-Leutchen) ein Abschleppseil mitführe, zieht er - mit lächerlicher Leichtigkeit - erstmal das Kleinwägelchen heraus, und der Fahrer rät den Männern, die letzte Strecke bis zur Straße, nicht mehr den "Weg" zu benutzen, sondern zwischen den Bäumen entlang zu slalommeln. Sie mit ihrem wendigen, windigen Gefährt können das ja; für mich wär's unmöglich.
Dann wendet der LKW - einfach so, mir nichts, dir nichts in der Rillensandwüstenei, und dann - mit etwas mehr Mühe, aber ohne daß etwas kaputtgeht (was nicht schon kaputt war) schleppt er auch meine Hochzeitskutsche wieder frei.
Wie sind denn, bittesehr, die noch verbleibenden

Kilometer bis Rybnikowo? Bleibt der Weg so?
Er bleibt so, Brüderchen, er bleibt so - bis unmittelbar vor's Dorf. Da geht's dann über Wiesen; da wird's besser.
Ich habe, liebe Freunde, für die 16,5 Kilometer vier einhalb Stunden gebraucht. Und - ich leugne es nicht: Ich habe manchmal Angst gehabt, schlichte Angst, mein altes, heiliges Gefährt (meinen alten, heiligen Gefährten) doch noch zuschanden zu fahren.
Es geschah nicht. Ich kam durch. Und - wie der LKW-Fahrer gesagt -: Als ich Rybnikowos Häuser vor mir liegen sah, endete der Sandstaub, die Fahrspuren führten auf eine Art Schafs- oder Rinderkoppel; und als die Sonne sich auf dem Horizont breizumachen begann, fragte ich ein altes, zerknittertes Männlein, das seine Ziege vom Pflock löste, wo wohl das Haus von Valentin und Alja sei.
Und als ich vor dem Hause (vor dem Hüttlein) hielt, den Motor ausschaltete und die fällige Eintragung ins Logbuch vornahm, da klopfte mein Herz in fröhlicher, schwereloser Erwartung. Und leise pfiff ich vor mich hin: Rossija, Rossija, rodina maja ...

***

Allerdings, Valentin und Alja waren nicht zu Haus.

***

Aber doch wenigstens die Oma.
Und sie weinte und weinte und konnte kaum wieder aufhören.
Valentin und Alja hatten unbedingt schnellstmöglich nach Petersburg gemußt.
(Was dann aus ihr hervorsprudelte, von Schluchzern unterbrochen, mußte ich mehrfach zu wiederholen bitten; aber soviel verstand ich immerhin:) In ihrem Wohnblock ist ein Wasserrohr gerissen, und die Handwerker müssen - unter anderem - auch in Valentins Wohnung. Und vielleicht sind auch ihre ganzen Möbel verdorben; das wußte man noch nicht genau. Ein früherer Kollege von Valentin hatte Nachricht geschickt. Sonst hätten sie es womöglich erst nach Wochen erfahren. - Und zurückkommen können sie erst nächste Woche Dienstag; es fährt ja nur alle sieben Tage einmal ein Zug dieser Strecke ab.
Ich lud meine Mitbringsel aus.
Oma weinte und weinte.
Vor Traurigkeit, vor glücklicher Überraschung und nochmal vor Traurigkeit.
Wir aßen gemeinsam. Dann kroch ich in mein Bett und schlief wie ein Toter.

Und am folgenden Morgen um drei Uhr habe ich noch einmal ausgiebig geduscht und dann - bis auf zehn Liter - meinen Wasservorrat in den Peipussee rinnen lassen.
Um vier Uhr früh kam Oma aus dem Haus und verabschiedete mich mit Umarmungen, Tränen und Küssen.

Ich bin nicht wieder stecken geblieben.
Die dreihundertfünfzig Kilometer bis Petersburg habe ich ohne Pause hinter mich gebracht.
Diese Tour und die Schnitzel-Ralley durch die für unsere Begriffe absolut hirnrissige Stadt -: Das ist Stoff für eine eigene Geschichte.
Es kommen Engel und Teufel darin vor, Entzücken und Entsetzen, Heiteres und Grausiges, Höhnisches und Herrliches. Und sehr, sehr viel Lächerliches. Aber das erzähle ich Ihnen vielleicht ein andres Mal.

Am folgenden Morgen fand ich zu Valentins Wohnung.
Aber niemand öffnete.

Um neun Uhr schließlich hatte ich in einer Nachbarwohnung Glück:
Ach? Sie sind der Besuch aus Deutschland? Das ist aber wirklich ein Jammer! Valentin und Alja sind heute in aller Frühe wieder zurückgefahren. Das gerissene Wasserrohr ging überhaupt nicht durch ihre Wohnung. Das war eine Fehlmeldung. Sie hätten garnicht herzukommen brauchen. - Und nun hatten sie glücklicherweise Gelegenheit, bis Kingisepp mitgenommen zu werden. Von dort können sie morgenfrüh mit dem Bus weiter nach Rybnikowo. Ach, und sie rechneten doch fest damit, Sie nun dort anzutreffen!

***

Petersburg - Kingisepp, das hätte für mich bedeutet: 125 Kilometer zurück und übermorgen dann wieder hierher. Denn übermorgenabend soll ja die ANNA KARENINA im Petersburger Hafen ablegen und mich nach Deutschland zurückbringen. Da die Strecke nach Kingisepp ausgebaute autobahnähnliche Straße ist, würde ich auch bezüglich Zeit und Kraft kein besonderes Risiko eingehen. Nur: Mein Treibstofftank ist so gut wie leer. Ich müßte also unter allen Umständen erst einmal tanken.
Ach Gott! jammerten die Nachbarn, tanken?! Das ist aussichtslos. Nicht weil wir keine Tankstellen hätten. Zwei oder sogar drei Tankstellen außerhalb der Stadt (der Fünfmillionen-Stadt!) sind geöffnet. Aber Sie bekommen ja nichts! Es werden zur Zeit nur Fahrzeuge betankt, die zur Aufrechterhaltung des Stadtverkehrs unbedingt notwendig sind. Und da braucht man einen Stadtausweis und einen speziellen Bezugschein. Also, keine Möglichkeit für Sie. Nein, man kann höchstens versuchen, die Bekannten in Kingisepp telefonisch zu erreichen, und falls Valentin und Alja gerade in der Nähe sind, können Sie dann wenigstens ein paar Worte mit ihnen sprechen.
Bei uns in (West-)Deutschland hat jede normale Familie ihren Telefonanschluß. In Rußland haben so etwas nur Privilegierte. Die Bekannten in Kingisepp hatten's, die Nachbarn in Petersburg aber freilich nicht. Die öffentlichen Telefonzellen in Petersburg sind so gut wie vollzählig unbrauchbar: Entweder der Apparat ist "außer Betrieb", oder der Hörer wurde weggerissen, oder es ist überhaupt kein Apparat

vorhanden.
Man mußte also zum nächten Postamt. Und zwar zu Fuß. Denn mehrere Straßenzüge dorthin waren für Autos gesperrt. Wegen Überflutung (in dieser allgemeinen Dürreperiode), denn da befand sich nun wirklich ein gewaltiger Wasserrohrbruch.
Die Nachbarn waren rührend. Sie begleiteten, das heißt: Sie leiteten mich, den gänzlich Ortsfremden bis zum Postamt und erledigten dort mit unsäglicher Geduld alle Formalitäten, an denen ich allein schon aus sprachlichen Gründen gescheitert wäre. Vor allem ermittelten sie die Telefonnummer der Kingisepper Bekannten.

***

Es war nach elf Uhr vormittags, als ich Valentins Stimme in der Hörermuschel vernahm. Sie klang, als sei er den Tränen nah.
Meine vermutlich auch.
Ach, sie seien soeben erst dort angekommen. Über vier Stunden seien sie unterwegs gewesen - wegen zweimaligen Reifenschadens. Und jetzt sei der Bekannte mit dem Wagen zu einer Werkstatt; es stimme nämlich auch mit der Lenkung etwas nicht; es sei wohl etwas verbogen, als der Vorderreifen platzte. Jedenfalls - wie auch immer -: keine Möglichkeit, jetzt mehr nach Petersburg zurückzukommen.
Der hilfsbereite Nachbar, obwohl während meines

Gesprächs diskret zur Seite getreten, hatte doch offenbar alles Wesentliche von Valentins Bericht mitbekommen. Plötzlich schien er einen Einfall zu haben. Jedenfalls trat er höflich einen Schritt näher und machte eine Bewegung, als bäte er um den Hörer. Er murmelte:

Auch nochmal ein Paar kurze Worte mit Valentin sprechen ...

Ich gab ihm den Hörer.

Und dann entspann sich zwischen den Zweien eine Unterhaltung, so rasant, so leidenschaftlich, teils rabiat, teils lachend - und ich verstand natürlich keine Silbe - so daß ich nun überhaupt nicht mehr wußte, worum es denn noch ging.

Dann hängte der Nachbar urplötzlich den Hörer ein, stöhnte und sagte: In Ordnung!

Ich war ein bißchen ärgerlich. Wenigstens Adieu hätte ich Valentin gern noch gesagt. Aber der Nachbar strahlte mich an: Kommen Sie, kommen Sie! Sie können nach Kingisepp fahren!

Wiebitte? Wie das?

Ich werde Sie jetzt in Ihrem Wohnauto zu einem Mann geleiten, der Ihnen Treibstoff verkaufen wird. Und wenn wir ein kleines Bißchen Glück haben, können Sie im Laufe des Nachmittags noch Ihren Freund begrüßen. -

Kommen Sie also! Gehen wir heim, und fahren wir dann zu diesem Mann!

Und nun kann ich's kurz machen:

Das "Bißchen Glück" war uns hold.

Jener Mann, ein LKW-Fahrer des Städtischen Heiz-

kraftwerks hatte Dieselöl genug für den Eigenbedarf beiseite geschafft und fand sich bereit, mir fünfzig Liter gegen Valuta zu überlassen.
Und da, meine verehrten Freunde, habe ich mich also vollbewußt mitschuldig gemacht an der allgemeinen stinkenden russischen Korruption: Fünfzig Liter gegen fünfzig D-Mark. Für mich war das nicht zu teuer; und der Mann tätigte ein gutes Geschäft. Er hatte vermocht, ein klein wenig des infektiösen Pusteleiters in Parfüm umzudestillieren -: Je nachdem, wie "gut" er destillieren konnte, zwischen fünfhundert und fünftausend Rubel. Hoffe ich jedenfalls. Fürchte ich jedenfalls.
Scheiß-Spiel! Scheiß-Welt. Und ich mittendrin. Gefangen und Gehangen.

***

Den Nachmittags-Tee genossen Alja, Valentin und ich gemeinsam in Kingisepp, im Wohnwagen.
Wir waren äußerst vergnügt, geradezu ausgelassen.
Ich fühlte mich "todsfroh", wie manche Leute zu sagen belieben. Und todmüde.
Aber der Tee war schwarz wie Kaffee, und er hielt uns auch den Abend über noch munter.
Wir haben also heitere Stunden mit einander genossen und schliefen alle herrlich in der folgenden Nacht. (Denn ein ruhiges Gewissen ist ein sanftes Ruhekissen). Aber der Abschied am folgenden Morgen war freilich unaufschiebbar: Valentins mußten

ihren Autobus nutzen, der auch nur einmal wöchentlich verkehrt. Ich hätte freilich - theoretisch - noch einen vollen Tag Zeit gehabt. Aber was sollte ich allein in Kingisepp?! Als ich ihnen an der Bus-Haltestelle gewinkt hatte, stieg also auch ich wieder in meinen Wagen und nahm den Rückweg nach Petersburg unter die Räder.

HEIMKEHR

Ich war also am Peipussee gewesen, auf dem Umweg über Polen, Litauen und Lettland endlich in Rußland mehrfach im Sand stecken geblieben und auf Schotterstraßen, die diesen Namen nicht verdienten, ein paarmal einem Achs- oder Federbruch nur knapp entgangen. Aber ich hatte gute Freunde getroffen; und überdies war das Fahren *jetzt* ein bequemer Hochgenuß: Ich trödelte von Kingisepp nach Sankt-Petersburg auf glatter Chaussee dahin; es standen ja nun keine Strapazen mehr zu erwarten, und die ANNA KARENINA würde erst morgen um Mitternacht zur Überfahrt nach Kiel ablegen. Das Voucher für's Ticket hatte ich in der Tasche; Check-in begann um zweiundzwanzig Uhr. (Die planmäßige Fahrzeit für das Schiff betrug knappe sechzig Stunden; das hieß, man würde Montagmorgen in Kiel von Bord gehen und Montagmittag zu Haus sein. Dienstagfrüh, acht Uhr begann die Praxis wieder.)

Der gegenwärtige hocherwünschte, milde Morgenregen sollte laut Wetterbericht schon bald wieder nachlassen, so daß mich, den Touristen dann wieder die Sonne verwöhnen würde. - Ich hätte also die Möglichkeit gehabt, heute und morgen noch einiges in Petersburg anzuschaun, was ich bei bisherigen Besuchen, sei's gedrungen, sei's freiwillig, ausgelassen hatte. Aber noch stand mir der Sinn nicht danach. Morgen gern; aber heute spürte ich erstmal, wie sehr mich die Reise angestrengt hatte und legte auf dieser 125-Kilometer-Strecke zahlreiche Pausen ein, spazierte durch Wälder und amtete die Sommerluft, die noch regenfeucht war und gesättigt von Erntegerüchen, an denen auch dies verarmte Land noch reich ist.

Die russischen Straßen (auch die gut ausgebauten) haben ja den deutschen (und erst recht den schwedischen) eines voraus: Sie liegen im Umland-Niveau. Fast nirgend erheben sie sich als Damm darüber, nur selten sind sie von Seitengräben begrenzt, und wenn, dann erst nach mehreren Metern Abstand, so daß man überall bequemst neben der Fahrbahn parken kann. Und die bei uns so hochgeschätzten, ja, als unentbehrlich geltenden metallenen Leitplanken, die jedes Aus- und Abweichen von der Trasse vereiteln, sind hierzulande so gut wie unbekannt.

Nach durchgefaulenztem Nachmittag verließ ich schon zur Dämmerung den Asphalt, hielt ein letztes Mal im russischen Busch, ging nochmals spazieren, aß zu Abend, las bei Kerzenschein, schlief sanft und erfrischend bis ins Morgengrauen des Freitags und fuhr etwa um acht in Petersburg ein.

Im Hafen, beim MORSKOI WAGSALL, was wörtlich Meeresbahnhof heißt, war ich bisher noch nie gewesen; so beschloß ich, mir zuerst einmal den Weg dorthin zu suchen und einzuprägen, um heute abend keine Schwierigkeiten zu haben, wenn die Straßen bestenfalls noch elektrisch beleuchtet und ich selber obendrein müde sein würde.

Um neun war ich am Hafen; da rührte sich dort noch kaum etwas. Auch eine ANNA KARENINA entdeckte ich nirgends. Lediglich ein älteres Torpedoboot lag am Kai, und seine Besatzung ließ sich von Trillerpfiffen dirigieren wie ein Schwarm weißer Tauben im Übungsflug. Alle Dienststellen und Büros des bombastischen Hafen-Verwaltungsgebäudes, einschließlich der Reedereivertretungen und Agenturen, der Post und des Zolls waren noch geschlossen.

Jetzt in die Stadt zu fahren, wäre also wohl auch nicht nützlich gewesen, man schlief halt noch in Petersburg - wie in Dostojewskis Zeiten, und so füllte ich meine Zeit auf andere Weise, holte das Malzeug hervor, setzte mich, Blick nach Südwesten, Sonne von links-hinten, an einen Poller und versuchte, dem Wasser seine unablässigen Verwandlungen abzulauschen.
Gegen Mittag war das Bild so weit, daß man aufhören konnte, und ich beschloß, vorsichtshalber die Agentur der Baltic-Line zu visitieren, um meinen Schiffsplatz bestätigen zu lassen.
Man kann ja nie wissen, nicht wahr? Sicher ist sicher. Und mittlerweile, meinte ich, könnte das Agenturbüro wohl für den Publikumsverkehr geöffnet sein.
Es war geöffnet.
Wann, bittesehr, wollten Sie fahren? fragte das nette junge Fräulein. Wie's hier, auf meiner Voucher steht: Heute abend; das heißt: laut Fahrtplan genau um vierundzwanzig beziehungsweise null Uhr. Mit der ANNA KARENINA.
Null stimmt, sagte das nette Fräulein und kuckte mich schief an.

Ich verstand ihren Blick nicht und kuckte sie auch schief an.
Ja, sagte sie. Null. Es tut mir leid.
Wieso, bitte? *Was* tut Ihnen leid?
Ja, daß Sie heute abend fahren wollten.
Nanu! Weshalb denn, wenn ich bitten darf.
Ja, mein Herr, es tut mir leid; dieses Schiff fährt doch garnicht. Man hat Ihnen doch sicher ...
Wie bitte? Was hat man? Wieso fährt es nicht?
Nein, nein, wirklich; heute abend fährt es nicht. Man hat Ihnen doch ganz gewiß die entsprechende Nachricht zukommen lassen.
Wo und wie wollten Sie mir denn eine Nachricht zukommen lassen? Ich bin seit Tagen in Rußland unterwegs - auf dem flachen Land, wohlgemerkt. Und Sie wissen besser als ich: Wer in Rußland unterwegs ist, ist für niemanden und für keinerlei Nachricht erreichbar.
Die junge Dame kniff einen Moment die Augen zusammen, aber dann war sie wieder ganz Verbindlichkeit:
Mit Sicherheit, verehrter Herr, hat man Sie benachrichtigt. Sämtliche vorgebuchten Passagiere waren ja zu benachrichtigen. Und unsere europäischen Agenturen sind dermaßen korrekt: Ich bin gewiß, daß das Kieler Büro in Ihrem Heimatort angerufen hat.
Meine liebe Dame, freilich hat man mich informiert - als ich noch zu Hause war; und zwar dahingehend, daß *eine* Fahrt der ANNA KARENINA ausfallen müsse: ausgerechnet meine. Aber nur die Herfahrt! Kiel/Petersburg! Und statt die zu genießen, bin ich

ja auch nun bereits auf dem Landwege hergekommen. Aber bezüglich der Rückfahrt hat man mir erklärt, sie werde stattfinden.
Ja, und inzwischen hat man Ihnen nicht gesagt, daß es leider noch nichts wird?
Natürlich nicht! Wie gesagt: Wie sollte man denn auch?! Ich wiederhole: Ich war in Rußland unterwegs!
Jaja. Ich habe es ja jetzt verstanden... Naja... Was machen wir denn da?
Nun, Gnädigste, vielleicht darf ich ja zunächst mal erfahren, warum die ANNA KARENINA nicht fährt und: Wann sie denn nun wieder fährt.
Erstmal überhaupt nicht, mein Herr. Sie liegt im Dock.
Ach! Ich dachte, sie habe nur eine kleine Havarie gehabt.
Es hat gebrannt auf der ANNA KARENINA!
Oh! Das tut mir leid! Das hat man mir nicht gesagt! Da werden Sie freilich sehr viel Ärger, Kummer und Kosten haben. Sind denn etwa auch Menschen zuschaden...
Nein, nein! Gott behüte! Ich bitte Sie! Nur Sachschaden. Eine reine Versicherungsangelegenheit. Aber es braucht halt seine Zeit, wissen Sie!

Ohje. Ja, ja, ich verstehen. Hm. Und nun? Welches Schiff bieten Sie als Ersatz an?
Sagen Sie, mein Herr, müssen Sie wirklich unbedingt innerhalb der nächsten drei Wochen wieder nach Hause? Sicherlich hat ein Mensch wie Sie doch zahlreiche Freunde bei uns. Wollen Sie nicht

einfach bleiben, bis Ihr Schiff wieder flott ist?
Liebes Gnädiges Fräulein, bitte, machen Sie sich nicht lustig über mich! In dreieinhalb Tagen spätestens muß ich zu Hause sein. Ich werde nicht nur erwartet; ich werde gebraucht!
Und es gibt niemanden, der Sie vertreten könnte? Wir würden vielleicht versuchen, von unserer schwedischen Generalagentur ein Telex oder ein Telegramm an Ihre Gattin zu senden...
Sie sind wirklich sehr rührend bemüht. Ich danke Ihnen herzlich. Aber glauben Sie mir bitte, es ist wirklich unmöglich. Ich bin Landarzt, habe zwei Dutzend kleiner Gemeinden zu versorgen. Aber, lieber Himmel, meine Gnädigste, es muß für mich ja nun nicht unbedingt die ANNA KARENINA sein. Geben Sie mir einen Platz auf irgend einem Ihrer Schiffe. Nur schauen Sie, daß ich heute nacht noch von Petersburg wegkomme und Montagmorgen in Kiel bin!
Sie lächelte holdselig verschämt: Sie denken sich das alles so einfach; so als beführen wir Ihre Fährlinie mit einer Flotte von hundert Schiffen. Ganz so ist es ja nun auch nicht. Aber... Warten Sie! Nehmen Sie bitte einen Moment dort Platz. Ich werden mit unserm Natschalnik sprechen, mit unserm Herrn Direktor.
Leider erwies es sich, daß der Herr Direktor noch nicht anwesend war. Die junge Dame versprach mir aber: Bis dreizehn oder vierzehn Uhr werde er gewiß eintreffen.

Ob wohl meine verehrten Lerserinnen und Leser Verständnis dafür entwickeln können, daß meine Ruhe nun dahin, mein Seelenfrieden zutiefst gestört war? Daß ich keinerlei Lust mehr verspürte, im Heiligen Petersburg irgendwelche Sehenswürdigkeiten zu bewundern? Daß ich einzig von dem Gedanken okkupiert war: Ein Schiff nach Kiel! Ein Schiff nach Kiel!?
Oder sind Sie, meine Damen und Herren, so abgeklärt, so weise und weltbefahren, daß Sie denken oder gar sagen: Was fährt der Narr nach Rußland, wenn er nicht Zeit hat und nochmals Zeit, Geduld und nochmals Geduld? Ja, wenn er nicht kaltblütig ist bis zur Gleichgültigkeit? Und dickfellig und indolent und frech und unerschrocken und unüberwindlich vergnügt? Ja, mehr noch: Wenn er nicht im Grunde seines Herzens mit allem Bisherigen, mit seinem ganzen westeuropäischen Lebens-Wust, Lebens-Zwang und Lebens-Notstand, mit Verpflichtungen und Versprechungen, mit Pünktlichkeit und Disziplin, mit dem ABC des hiesigen Daseins, mit dem A und O des sogenannten zivilisierten Menschen abgeschlossen und gebrochen hat?

Sind Sie so weise?
Ich war es mitnichten.
Leider.
Ich saß schon um fünf vor eins wieder im Wartesessel der Baltic-Line.
Der Herr Direktor erschienen um 14.27 Uhr.
Eine tadellose Erscheinung! - Schwede. - Der außer seiner Muttersprache das Russische, Englische und

Deutsche perfekt beherrschte.
Die tadellose Erscheinung zog den Mund schief und kratzte sich hinterm rechten Ohr:
Die Sache ist nämlich die: Kiel wird von uns zur Zeit überhaupt nicht angelaufen. Erst wenn die ANNA KARENINA wieder repariert sein wird, also voraussichtlich in einigen Wochen. Aber meine Mitarbeiterin hat mir Ihren besonders dringlichen Fall bereits geschildert, und selbstverständlich sind wir bemüht, Ihnen Ersatz zu schaffen, soweit es in unseren Möglichkeiten liegt. Nur, freilich, Sie nach Kiel zu befördern, sehe ich derzeit wirklich überhaupt keine Chance. - Aber, sagen Sie, Verehrtester, auf welche Weise haben Sie denn überhaupt die Herreise vollzogen?
Auf dem Landwege, Herr Direktor, über Polen, Litauen, Lettland.
Ach? So weit? Mit einem Caravan? Ich staune!
Nun ja, es war mühsam genug.
Und eine Rückfahrt auf dem gleichen Wege...?
Mein Herr, ich würde etwa eine Woche dazu benötigen. Aber ich muß, verstehen Sie: Ich muß spätestens in vier Tagen zu Hause sein.
Und wenn Sie etwas schneller führen? Kürzere Pausen...? Vielleicht wäre das doch von allen Versionen noch die sicherste?
Mir wurde heiß; mir wurde übel. Diese ganze irrsinnige Strecke...
Aber gewiß, wenn wirklich kein Schiff zu bekommen war...
Doch dann stürzte es mir wie ein Stein ins Bewußtsein und aufs Gemüt: Unmöglich! Ich habe ja gar

keinen Treibstoff mehr. Mein Tank ist wieder mal so gut wie leer.
Es sei denn, Herr Direktor, Sie könnten mir dreihundert Liter Dieselöl besorgen.
Das freilich vermochte auch der einflußreiche Schwede nicht. Benzin und Diesel waren dazumal in allen Ländern der ehemaligen Sowjetunion so streng rationiert, daß überhaupt nur die für die Staatswirtschaft überlebensnotwendigen Betriebe gegen sorgfältig gehütete Bezugsscheine beliefert wurden. Und auch das nur, solange die Tankstellen Vorrat hatten; also fast nie. Zugegeben, über Bestechungen mit Zigaretten oder Wodka und gegen Bezahlung von Schwarzmarktpreisen in deutscher oder amerikanischer Valuta hätte man dem einen oder anderen gutmütig-korrupten Lastwagenfahrer ein paar Liter abschwatzen können; aber genug für meinen Bedarf? Aussichtslos!
Entschuldigen Sie mich für ein Weilchen, sagte der Herr Direktor; ich muß versuchen, ob ich etwas anderes für Sie tun kann. Bitte, nehmen Sie noch ein wenig drüben, im Warteraum Platz.
Ich ging und sank erschöpft in das weiche Lederfauteuille. Bisher war mir recht warm gewesen. Jetzt spürte ich, daß mein Tropenhemd durchgeschwitzt war, und ich fror in diesem öden Palast aus Beton und Mamorplatten.
Sie wissen ja, liebe Damen und Herren, ich bin kein Freund von Museen, Galerien und sonstigen Kunstdenkmälern; aber jetzt empfand ich doch mit Wehmut und sogar mit etwas Ärger, wie sehr mir der schöne freie, sonnige Tag in Sankt-Petersburg ver-

hunzt und verdorben war. Hoffentlich, dachte ich, hole ich mir bei dieser Gelegenheit nicht noch eine Angina, Bronchitis oder sonstige blöde "Erkältungs"-Krankheit, so daß ich Dienstag früh in der Praxis nicht fit bin!

***

Nach etwa einer halben Stunde bat mich die junge Dame vom Vormittag erneut zum Natschalnik. Er strahlte mich schon von fern an und lud mich mit generöser Geste ein, wieder Platz zu nehmen.
Wir können Ihnen helfen, Verehrtester; wir, das heißt: unsre Linie mit Unterstützung einer befreundeten Reederei. Unser Angebot sähe folgendermaßen aus:
Sie können noch heute abend, etwa zweiundzwanzig Uhr Sankt-Petersburg verlassen - allerdings beim besten Willen nur in Richtung Schweden. Sie würden übermorgen, also Sonntag, vormittags in Stockholm sein. Noch am Sonntagabend könnten Sie von Schweden weiterfahren nach Travemünde - freilich nicht ab Stockholm sondern ab Malmö. Dann wären Sie Montagfrüh gegen sieben Uhr Ortszeit in Travemünde.
Ich seufzte tief und erleichtert auf. Gott sei Dank! sagte ich. Und der Herr Direktor schmunzelte geschmeichelt, weil ich Gott sei Dank gesagt hatte und er offiziell ja noch garnicht Gott war sondern erst Direktor. Aber nun fühlte er sich ganz prima gött-

lich, und deshalb, als ich bescheiden fragte: Und wie komme ich von Stockholm nach Malmö? antwortete er auch großzügig und ungezwungen:
Das ist für Sie doch eine Kleinigkeit! Wenn Sie die Strecke Polen-Litauen-Lettland-Rußland hinter sich gebracht haben, dann ist dies doch nicht mehr als ein Fingerschnippen. Schließlich hat Schweden, möchte ich erinnern, sozusagen die besten Straßen der Welt!
Und wieviel Kilometer der besten Straßen sind das etwa? Haben Sie das zufällig im Kopf?
Aller-allerhöchstens fünfhundert. Jedenfalls für einen Reisenden Ihres Kalibers überhaupt kein Faktor.
Ich dachte nach: Wenn ich Montagfrüh, sieben Uhr in Travemünde landete, konnte ich, wie geplant, Montagmittag zu Hause sein; ich hätte also vor Praxisbeginn noch eine Nacht, mich von den Reiseanstrengungen auszuruhen.
Gut, Herr Direktor (ich sagte jetzt nur: Herr Direktor, nicht: Herr Gott), ich akzeptiere Ihr Angebot, und ich danke Ihnen für alle Mühe, die Sie für mich aufgewendet haben. Nur eine winzige Kleinigkeit wäre noch zu regeln: Wenn ich von hier gleich in Kiel gelandet wäre, hätte ich, um heimzufahren, dort sogleich mit deutschem Geld tanken können. Jetzt muß ich durch Ihr Land fahren; und ich habe keine Schwedenkronen. Können Sie mir hundert Mark wechseln?
Selbstverständlich, gern!
Er nahm meinen Schein, verschwand im Nebenraum, kam mit dem Geld zurück, sah merkwürdig ernst aus, räusperte sich, so daß mir schon so betre-

ten zumut wurde, als hätte ich ihm einen gefälschten Hunderter angeboten; und dann sprach er:
Verehrter Herr, mir ist etwas eingefallen: Wenn Sie, von Rußland kommend, durch unser Land fahren wollen, so benötigen Sie dazu ein Transit-Visum.
Oh! sagte ich.
Ja. Leider. - Und er zuckte mit den Schultern.
Und dieses Visum bekomme ich...?
Beim Schwedischen Konsulat dieser Stadt.
Aha. Sehr wohl. Und, verehrter Herr Direktor, können Sie mir beschreiben wo im schönen Sankt-Petersburg das Schwedische Konsulat sich befindet?
Er beschrieb es mir - und sprach dazu freundlich:
Ich hoffe, daß dort heute nachmittag jemand anzutreffen ist... Warten Sie einen Augenblick; ich rufe mal versuchsweise an.
Er wählte die Nummer.
Es nahm niemand ab.
Er sah nach seiner Uhr:
Ach so, es ist ja auch noch nicht ganz vier. Vor vier trifft man dort ohnehin nie jemanden. Aber wenn Sie jetzt losfahren, werden Sie gerade zur günstigen Zeit dort sein. Also -: Versuchen Sie's! Ich drücke Ihnen die Daumen.

***

Der Grusnitschki-Prospekt - oder wie die Straße nun hieß - war schlecht zu finden, und eine Parkmöglichkeit für meinen Riesenwagen fand ich auch erst einen halben Kilometer weiter. Und so war ich denn neuerlich durchgeschwitzt, als ich vor dem Schild

mit dem schwedischen Hoheitszeichen stand und auf die Klingel drückte.
Die Tür blieb geschlossen, und nichts rührte sich.
Endlich, nach dreimaligem Läuten lief über eine Sprechanlage ein Tonband ab. Zuerst erklang irgend eine lächerliche Tingeltangel-Melodie (ich hoffe, es war nicht die schwedische Nationalhymne), dann näselte ein langer Sermon heraus, von dem ich auch nicht eine einzige Silbe verstand. Aber so leicht wollte ich mich nicht entmutigen lassen. Ich klingelte abermals - jedoch nur mit dem Erfolg, daß nach dem dritten Klingeln sich der obige Vorgang wiederholte.
Ein paar Schritte von der Tür entfernt stand ein klein-schäbiges Wachhäuschen: einer jener unansehnlichen aber offenbar unentbehrlichen Ein-Mann-Pavillons, wie sie bis anhin immer noch vor allen (mehr oder weniger) öffentlichen Gebäuden dieses paranoiden Landes installiert sind. Das Fenster-Lädchen an dieser Boudique war zwar geschlossen; aber die berühmte Innere Stimme riet mir, trotzdem einfach mal dort anzuklopfen. Erst blieb es still. Aber als ich noch einmal, kräftiger trommelte, drang ein kehliges, unwirsches "Schto?!" heraus; zu deutsch: Was ist los?! - Und das Türchen wurde aufgestoßen.
Ein völlig verschlafener Halbwüchsiger in Milizionärs-Uniform torkelte hervor. Dösig und mißbilligend glotzte er mich an.
Schto?! wiederholte er. Und es war ein Wunder, daß er mich nicht anschnautzte: Du unverschämter Flegel (auf russisch natürlich).

Sehr artig, mit zahlreichen Verbeugungen und meiner allerbesten Petersburger Feiertags-Aussprache legte ich dem Herrn Wachtmeister, Herrn Oberwachtmeister, Herrn Leutnant, Herrn Major (weiter wagte ich nicht) submissest mein Begehren zu Füßen.

Haben Sie schon geklingelt? fragte er brummig.

Jawohl, Herr Major; zweimal. Aber es wurde nicht geöffnet; es kam nur ...

Ja, eben! Es kam ein Tonband, Sie erzgescheiter Mensch! Ein Tonband, Herr, aus einer hochmodernen Sprechanlage! Und wenn Sie auch nur ein bißchen Geduld gehabt und der Stimme gelauscht hätten, so wüßten Sie jetzt, daß das Konsulat heute geschlossen ist und erst wieder am kommenden Montagnachmittag für den Publikumsverkehr geöffnet sein wird. - Und Sie hätten es nicht nötig gehabt, einem überlasteten Staatsbeamten seine wohlverdiente Ruhe zu stören.

Ich bitte Sie sehr höflich um Verzeihung! stammelte ich mit einer Serie frischer Bücklinge. Nur... ich bitte Sie ergebenst, verstehen zu wollen... Es wäre eben äußerst dringlich für mich gewesen...

Dringlich oder nicht, das geht mich nichts an. Ich bin nicht der Konsul, und - wie gesagt - Sie können am nächsten Montag wieder vorsprechen.

Er machte kehrt, verschwand im Kabäuschen, zog die Tür klappend zu, ich hörte, wie er innen einen Riegel vorschob - und ich war abgefertigt.

Und sogar noch mit großer Güte und sachlicher Information, wozu der Herr Major gewiß nicht ver-

pflichtet gewesen wäre.
Als ich mich, nun wirklich fast verzagt, wieder zum Auto begab, rechnete ich schon damit, daß mir inzwischen die Außenspiegel und/oder die Scheibenwischerblätter geklaut sein würden, weil ja ein Unglück selten allein kommt und die Russen arme Teufel sind. Aber ich mußte den Petersburgern meine bösen Verdächtigungen abbitten: Es war alles in Ordnung am Wagen. Da setzte ich mich still hinein, notierte das wichtigste ins Logbuch, nahm meinen Rest Courage zusammen und sprach zu mir:
So. Ich schalte jetzt auf stur. Das heißt: Ich fahre nach Schweden und werde in Schweden durch Schweden fahren - ob mit, ob ohne Visum - und wenn alle Schweden "Haltet ihn, haltet ihn!" schreien. Vielleicht bekomme ich ja auch in Stockholm, am Hafen solch eine Transitgenehmigung, wenn ich mein Fährticket nach Travemünde vorzeige.
Zurück also zum Morskoi Wagsall.
Es ist achtzehn Uhr, als ich ankomme; um zweiundzwanzig Uhr soll das Schiff ablegen; um zwanzig Uhr muß an Bord gegangen werden.
Die TIMOFEJ WASSILJITSCH, ein älterer umgebauter Frachter, liegt am Kai und ich schaue zu, wie zwei Dutzend Container von der Größe eines Eisenbahn-Güterwagens in den Schiffsbauch bugsiert werden: Ein kleiner, kompakter, elefantenstarker Gabelschlepper nimmt eines nach dem andern dieser Monstren auf seine hydraulische Hebebühne und zerrt sie über die Schlaglöcher des Hafen-Vorplatzes, über Schotter und Dreck, durch Pfützen und Ölschmier wuchtig durch das weitof-

fene Heckmaul und setzt sie mit Donnergetöse auf stählerne Bodenplatten. Der Fahrer der Schleppmaschine geht wie ein Sklaventreiber, wie ein Berserker mit seinem Fahrzeug um. Rücksichtslos, ohne jedes technische Feingefühl und mit einer beispiellosen Gleichgültigkeit gegenüber anderen Verkehrsteilnehmern, prescht er in den höchsten Motor-Drehzahlen um die engsten Kurven und über die gefährlichsten Hindernisse. Zwei Zollbeamte schauen grinsend zu, und der eine sagt zum andern:
Na, den hat seine Alte letzte Nacht wieder vor dem Bett knien und Ave Maria beten lassen.
Und dann passiert's:
Mit Vollgas ins Schiff.
Drinnen ein Knall und eine Stichflamme aus dem Motorgehäuse...

***

Hatte es nicht gerade erst gebrannt, auf der ANNA KARENINA?
War das etwa auch ein Zwischenfall dieser Provenienz gewesen?
Ich stehe in sicherer Entfernung und schaue.
Das Motorgeräusch ist verstummt; aber aus dem Auspuff und unter der Motorhaube hervor stieben Funkenfontänen, begleitet von dickem schwarzem Qualm.
Läuft denn keiner hin?
Nimmt denn niemand einen Feuerlöscher zur Hand?

Ja, zum Teufel, sind denn all die Matrosen, die Verladehelfer, die Hafenarbeiter, Zöllner und sonstige Anwesende in Schock-Starre gefallen?
Oh nein! Keineswegs! Man steht amüsiert herum, Beine übereinandergeschlagen, Arme vor der Brust verschränkt oder Hände in den Taschen - und glotzt.
Nur der brutale, idiotische Fahrer des Treckers, der rücksichtslose Berserker: Der zeigt jetzt plötzlich, daß er nicht nur ein Idiot sein kann sondern auch ein blitzschneller, brachialgewaltiger Katastrophen-Retter: Der Teufel weiß, woher - irgendwoher hat er einen riesigen Plastikeimer in der Hand, schleift ihn in mächtigem Bogen durch eine Schmutzwasserlache, und - klatsch! - mit gezieltem Schwung entleert er die volle Ladung gegen die Luftschlitze des Motors. Zischen, Puffen, Rauch, Dampf und Funken mischen sich. Der Berserker schöpft eine zweite Portion, eine dritte -: Dann zischt und dampft es nur noch.
Er füllt den Eimer zum viertenmal, springt auf seine Maschine, reißt die Motorklappe hoch und gibt der wildgewordenen Technik den Gnadenguß.
Sanfter, blaudämpfiger, widerlicher Gestank...
Und das war's.
Aber…
Bis dann ein anderer Gabelschlepper besorgt, der totgegossene von seiner Last befreit und das restliche Dutzend Container im Schiff verstaut war; bis fernerhin auch die Hafenpolizei die Meinung vertrat, die Gefahr sei gebannt, und man dürfe nun die Passagiere mit ihren Kraftfahrzeugen an Bord lassen; bis endlich die Ladeklappe der TIMOFEJ WAS-

SILJITSCH geschlossen und die Leinen losgemacht werden konnten : Da erwies es sich denn doch, daß das Schiff außer allem erwünschten Ballast auch noch vier Stunden Verspätung aufgeladen hatte.
Und die konnte es bis Stockholm natürlich nicht über Bord schütten.

***

Schon während der Fahrt erkundigte ich mich im Schiffsbüro, ob und wo ich wohl in Stockholm ohne großen Zeitverlust ein Durchfahrt-Visum für Schweden bekommen könne. Man sagte mir, ein solcher Wunsch sei zwar nicht ganz alltäglich, immerhin möge ich es aber bei der Hafenpolizei oder der Zollstelle versuchen.
Die Überfahrt vollzog sich glatt. Von den einunddreißig Stunden Fahrzeit verschlief ich ein reichliches Drittel, denn erstens war ich ein wenig erschöpft, zweitens hatte ich das beruhigende Gefühl, derzeit ohnehin keinen vitalen Prozeß beschleunigen zu können, und drittens dunkelte auch der Tageshimmel nach zwei brandroten Sonnenaufgängen jeweils sofort wieder ein, es blieb trüb und regnerisch, und es gab also auch an Deck außer ein paar begleitenden Möwen nichts zu beobachten.

***

Stockholm.
Frisch, gestärkt und tatendurstig saß ich als einer der ersten am Steuer meines Wagens und rollte fröhlich über die Stahlrosten der Ladeklappe wieder auf festes Land.
Die freundlichen Zöllner warteten bereits dienstbeflissen, wenn auch dank des Regenwetters nicht in bester Laune.
Können Sie mir bitte sagen, wo und wie ich auf schnellstem Wege ein Transit-Visum bekomme? Ich möchte durch Ihr Land bis Malmö fahren und dort wieder auf die Fähre nach Travemünde.
Ein Transit-Visum?
Jawohl, Herr Zollinspektor, ein Transit-Visum.
Aber mein Herr, wozu, bitteschön, benötigen Sie das denn?
Ich komme aus Rußland, Herr Zollinspektor. Und Ihr Landsmann, der Herr Direktor der Baltic-Line in Sankt-Petersburg wies mich freundlich daraufhin, daß ich ein solches benötige.
Oh, oh, das tut mir aber wirklich leid. Nun, verübeln Sie's jenem Herrn Direktor nicht. Man sieht, selbst Direktoren, ja sogar schwedische Direktoren sind Menschen. Menschen, die sich irren können. Sie benötigen, verehrter Herr, überhaupt kein Visum für unser Land. Zum einen sind Sie Deutscher, zum anderen besitzen Sie einen Europa-Paß. Sie haben in jedem Falle freie Fahrt durch Schweden und hätten sie auch, wenn Sie aus China, aus der Unterwelt oder vom Mars kämen.
Er lachte. Ich strahlte.
Nun denn, Herr Inspektor, dann machen Sie doch

bitte das Maß der Güte und Freude voll, und sagen Sie mir, wie ich am schnellsten nach Malmö komme.
Ganz einfach, mein Herr: Hier vom Gelände des Freihafens herunter und gleich links ab. Dann gelangen Sie alsbald auf die Europastraße nach Malmö.
Ich verneigte mich dankbar.
Er grüßte militärisch.
Und dann gab ich Gas.
Denn es regnete erheblich, und ich hatte keine Zeit mehr zu verlieren.
Um zwanzig Uhr heute abend war Check-in in Malmö.

***

Der perfekt geglättete Beton des Hafengeländes lag hinter mir. Ein Wegweiser, etwa gar ein Hauptwegweiser in Autobahn-Format fand sich nicht.
Ich bog links in eine Asphaltstraße, fuhr etwa zehn Minuten, wunderte mich, daß dies eine Europastraße sein sollte und - landete schließlich auf dem Werkshof einer kleinen Kartonfabrik.
Wollten denn, zum Teufel, oder sollten gar die Zwischenfälle kein Ende nehmen?
Wenden auf dem Fabrikhöflein.
Asphaltstraße retour. An der Hafeneinfahrt vorbei. Geradeaus weiter, so daß ich also nun von meinem Zollinspektor aus *rechts* abgebogen wäre.
Wegweiser: Zum Stadtzentrum.

Nun denn, von Stockholms Zentrum aus würde es ja wohl irendwo einen Richtungsweiser nach Malmö geben.
Es gab ihn nicht.
Ich schaute, suchte, kurvte herum, hielt, stieg aus und fragte...
Und fragte insgesamt fünfmal - bis mir endlich jemand sagte, das sei doch natürlich die Richtung nach Hälsingborg; da müsse ich eben den Wegweisern nach Hälsingborg folgen.
Nur, es gab keine Wegweiser nach Hälsingborg.
Und als ich, schon beinahe in Wut und Verzweiflung, nochmals ausstieg und einen seriös aussehenden älteren Herrn um Hilfe bat, da kam ein kleiner Junge dazu, zwölfjährig etwa, der sehr ordentlich englisch sprach und ganz lakonisch meinte:
Das ist die Richtung E 4/E 4S. Richten Sie sich nur nach *diesen* Schildern; dann kommen Sie nach Hälsingborg und auch nach Malmö.
Fast eine Stunde hatte ich mit meiner dusseligen Sucherei vergeudet.
Aber nun
galt es zuerst einmal, eine Tankstelle zu finden.
Mein Wagen ist so konstruiert, daß ich, wenn die Füllanzeige des Normal-Tanks mit seinen vierzig Litern gegen "leer" tendiert, den Zulauf aus dem 270-Liter-Reservetank öffnen kann. Der Hahn dazu, auf dem Boden, hinterm Sitz, läßt sich zwar während der Fahrt bedienen, aber nur, indem man sich so weit nach rechts unters Lenkrad beugt, daß man nicht mehr nach draußen schauen kann. Besser also, man bleibt dafür einen Augenblick stehen.

Nun, das Stehenbleiben erübrigte sich jetzt; der Reservetank war bereits seit Rußland zugeschaltet. Aber auch er enthielt höchstens noch fünf Liter. Es half mir also nichts: Ich mußte Treibstoff fassen.
Oh, ein Glück! Da war ja eine Tankstelle!
Alles vollgefüllt; wieder auf Normaltank geschaltet - und mit den Schwedenkronen des Herrn Baltic-Direktors bezahlt.
Und ab ging's, was der Motor hergeben wollte.
Und der Regen klatschte ans Haus.
Und ich fuhr und fuhr und fuhr...
Allerhöchstens fünfhundert Kilometer, hatte der Herr Direktor gesagt.
Bei der üblichen Reisegeschwindigkeit meines rollenden Hexenhäuschens wäre das - ohne Pausen - einer Fahrzeit von zehn Stunden gleichgekommen. Sieben dreiviertel hatte ich noch bis zum Check-in auf dem Fährschiff.

***

Die Europastraße 4 beziehungsweise 4 S wird zwischen Norköping und Hälsingborg auf weite Strekken nicht vier- sondern nur dreispurig geführt. Das heißt: Hinverkehr und Gegenverkehr haben gut Platz. Wenn aber jemand überholen möchte, muß er sich auf die Mittelspur begeben. Und dort möchte wahrscheinlich auch gerade einer von der Gegenrichtung überholen. Bei Sonnenschein und guter Sicht, bei trockener Fahrbahn und froher Laune, bei

Gelassenheit und Geduldigkeit geht das. Ja, es geht sogar erstaunlicherweise auch noch, wenn man es eilig hat, wenn man ein bißchen (oder sehr) rücksichtslos ist und wenn man es gern mal "drauf ankommen läßt". Die Zahl der Unfälle auf dieser Strecke übersteigt den Durchschnitt nicht nennenswert.

Aber wenn man es nun wirklich sehr, sehr eilig hat und wenn wolkenbruchartige Regengüsse einen fast blind machen und wenn sich eigene und fremde Rücksichtslosigkeit bis zur Unverschämtheit steigern, dann wird die Lage kritisch.

Ich fuhr wie ein Narr.

Ich fuhr auf Deibel komm raus.

Und fuhr und fuhr und fuhr...

Und wenn's ging, überholte ich.

Und wenn's ging, wurde ich überholt.

Und ich fuhr...

Aber es blieb nicht beim Regen.

Es kam der Wind.

Es kam der Sturm.

Es kamen Orkanböen mit Spitzengeschwindigkeiten um zweihundert Kilometer pro Stunde, wie ich im Radio hörte.

Der Motor dröhnte, der Wagen stöhnte.

Es schüttelte, peitschte, drückte, bremste und schob ihn.

Und mitten im Heulen des Sturms hörte ich doch noch das Ächzen und Quietschen der alten Holzaufbauten.

Und es wurde mir sonderbar wankelmütig ums Herz.

Und dann rollte vor mir ein Ungetüm von einem Lastwagen. Seine riesige breite Doppelbereifung spritzte und schleuderte Kaskaden silberbraunen Schmutzwassers gegen meine Windschutzscheibe, und ich hatte wirklich so gut wie keine Sicht mehr nach vorn.
Himmeldonnerwetter, aus diesen mörderischen Güssen mußte ich heraus.
Hinter so einem Vehikel konnte man nicht bleiben, wollte man nicht in mindestens fünfzig Metern Abstand hinter ihm drein döseln. Und das wollte ich nun wirklich nicht.
Also überholen.
Linker Blinker.
(Sowieso sinnlos. Kein Mensch sieht bei diesem Wetter was davon.)
Vorsichtig, vorsichtig aus des Riesenbrummers sogenanntem Kielwasser nach links. Zentimeter um Zentimeter weiter nach links. Fontänen über Fontänen vor dem Gesicht ...
Hüte dich!
Richte dich drauf ein: Gleich krachts, und dann bist du weg, mein Lieber. Du siehst ja effektiv *nichts* von einem etwaigen gegenläufigen Überholer.
Also ...
Mach dich drauf gefaßt!
Schön...
Schön... Weiter nach links...
Gut... Jetzt bist du weit genug 'raus. Jetzt bist du neben statt hinter ihm. Gut!
Weiter jetzt! Gas! Alles was drin ist!
Prima!

Wunderbar!
Brummis Heck ist neben meiner rechten Kabinentür. Seine Wasserwürfe prallen jetzt nur noch an meine Flanke, nicht mehr gegen die Frontscheibe.

Gut!
Gas! Weiter!
Au! Stopp! Verdammt!
Eine Bö... Verflucht!
Ausgerechnet in diesem Moment.
Ich bin jetzt in ganzer Länge neben dem Dicken. Und genau in diesen Sekunden drückt eine steife, beinharte Bö mich nach rechts.
Mein Wagen torkelt, kippt rechts ab, als wollte er sich Schulter mit Schulter an den LKW lehnen. Ich lenke etwas gegen, drücke aufs Gas, daß der Hebel schier den Boden ausbeult - aber mehr ist nicht drin. Ich hatte schon volles Vollgas.
Die Bö ebbt ab.
Ich stehe wieder gerade - das heißt: rolle wieder gerade.
Gerade-soeben neben dem LKW her; nur wenig und viel zu wenig schneller als er.
Ja, verdammt nochmal, *wieso* denn eigentlich?
Dreht der Kerl jetzt auf?
Beschleunigt er, während ich ihn überholen will?
Ist der völlig wahnsinnig? Will er mich nicht vorbeilassen?
Ich gebe Gas und hupe.
Hupe, hupe, lang und abgehackt. Gebe Blinksignale mit den Scheinwerfern.

Ah!
Gottseidank!
Jetzt verzögert er wieder ein wenig; ich komme etwas, etwas zügiger an seiner riesigen Seitenbeschriftung vorbei...
Und dann...
Eine neue Gischtwelle an meiner Windschutzscheibe.
Das ganze Theater von eben von neuem.
Ja, zum Himmeldonnerwetter, was ist denn los?
Ach so!
Ach, du heiliger Bimmbamm: Der bisherige LKW war nur der Anhänger eines Lastzuges!
Hinter dem Maschinenwagen bin ich erst jetzt.
Aber Gottseidank, jetzt scheint der Fahrer mein Blinken und Hupen bemerkt zu haben. Er verlangsamt spürbar. Und nach schätzungsweise dreißig weiteren Sekunden (eine elend lange Zeit bei diesem Manöver!) ist meine Fahrerkabine mit seiner auf gleicher Höhe.
Ich wage einen Blick nach rechts:
Der Fahrer, ein dicker, gemütlicher Mann, grinst mit beiden Bartstoppel-Backen, tippt sich gutmütig-vorwurfsvoll an die Stirn, schüttelt den Kopf und zeigt dann mit dem Tipp-Finger auf mich.
Ich nicke nur und kucke weg.
Denn ganz sicher hat er recht.
Aber *wie* recht er hat, das wird mir nun erst klar. Eine neue Heck-Fontäne nämlich knallt mir mit voller Wucht ans Fenster: Die Heckfontäne eines anderen, noch schwereren und auch langsameren Lastzuges, den mein gutmütiger Fahrer offenbar

eben zu überholen begonnen hatte. Deshalb also beschleunigte er, als ich schon neben ihm fuhr. Er konnte mich - vor lauter Wassermassen - in seinem Rückspiegel garnicht wahrgenommen haben. Also setzte er ganz arglos zur Vorbeifahrt an. Und dann - bemerkte er mein Gejaule und Geblinke und - brach tatsächlich seinen Überholvorgang ab.
Um mir das Leben zu retten - wenn wir das mal eben so korrekt wie großspurig ausdrücken wollen.

***

So.
Und wie nutze ich das gerettete Leben nun?
Wie verhalte ich mich bezüglich des LKW, in dessen Dreckwasser-Radius ich gegenwärtig rudere?
Dahinter bleiben? Also: zwischen ihm und meinem Retter? Damit also meinem Retter das zuvor beabsichtigte Überholen noch erschweren?
Miese Situation.
Als Schuljunge lernte ich, die schwersten Entscheidungen des menschlichen Lebens wären nicht zwischen Gut und Böse zu fällen sondern zwischen Gut und Gut.
Die meinige jetzt liegt zwischen Schlecht und Schlecht. Das ist auch nicht viel lustiger.
Ich wähle - wie könnte ich anders [denn ich hab es ja wirklich eilig, nach Malmö (oder zu Tode) zu kommen] - ich wähle die riskantere Version. Das heißt: Ich setze neuerlich zum Überholen an.
Diesmal geht's besser. Erstens fährt dieser LKW -

wie gesagt - langsam, zweitens ist er nicht doppelbereift, spritzt also nicht ganz so stark, drittens drückt mich ihm beim Längsseitskommen keine Bö an die Flanke und viertens beschleunigt er nicht, während ich neben ihm bin.

Uff.
Geschafft.
Und dann bin ich endlich wieder auf der rechten Fahrbahn und atme tief und spüre, wie meine rechte Wadenmuskulatur verkrampft war, beziehungsweise: ist.
Und blicke zufällig auf meine Tankfüllungsanzeige:
Leer!
Nun denn; also auch das noch.
Aber jetzt anhalten?
Die beiden Nachfolger (und wer weiß wen sonst noch alles) vorbei lassen?
Und dann den ganzen Irrsinn noch einmal?
Weil es so ungeheuer vergnüglich war?
Nein.
Das nun auch nicht.
Also: Trotz Regengüssen, trotz Orkangeschüttel, trotz saumäßig schlechten Gewissens... trotz einer nicht wegzudiskutierenden Angst...:
Niederbeugen, bis ich den Sprithahn mit den Fingerspitzen spüre... weiter 'runter, um fest zufassen zu können (ohne sehend lenken zu können)... drehen um neunzig Grad... Kopf wieder hoch.

***

Verehrte, strafend blickende Leserinnen und Leser -: Es gelang.
Unverdienter-, unverzeihlicherweise.
Nicht nur, daß bei alledem niemand durch mich zu Schaden kam; auch ich selbst, ich Verkehrs-Sauhund, -Pirat und -Abenteurer, auch ich habe überlebt.
Der Welt zum Unglück, werden Sie denken.
Und ich habe dem nichts entgegenzusetzen.
Was dann auf dieser Fahrt noch an Aufenthalt geschah, war nicht mehr kriminell. Es entsprang nur noch meiner einfachen, leicht überdurchschnittlichen persönlichen Dofheit.
Kurz vor Hälsingborg nämlich, da, wo die E 4/ E 4S schon wieder schön vierspurig verläuft, wie es sich für eine Autobahn schickt, tauchte aus dem Regenvorhang plötzlich ein Hinweisschild vor mir auf, das ein Schiff zeigte und also bedeutete: Fahrer, die zum Hafen wollen, bitte rechts abzweigen!
Ich Schwachkopf in meiner vortrefflichen geistigen Präsenz hatte aber nicht bedacht, nicht kapiert, nicht berücksichtigt, also einfach schlicht *vergessen*, daß ich mich ja erst vor Hälsingborg befand und keineswegs schon vor Malmö.
Tja, und da ist der Idiot, der dieses schreibt, sage und schreibe Richtung Fährhafen Hälsingborg abgezweigt und noch ein hübsches Stückchen in den Genuß einer Dummheit hineingefahren.
Als er's bemerkte, kam aber glücklicherweise recht bald eine Wendemöglichkeit.
Und also - um's kurz zu machen:
Ich war um zwanzig Uhr fünfzehn doch noch am

richtigen Hafen, am Fährhafen Malmö.
Allerdings, lieber Herr Baltic-Line-Direktor, Ihre "allerhöchstens fünfhundert" Kilometer standen auf meinem Tacho als sechshundert und einundachtzig. Und das kam ja nun bestimmt nicht nur vom Überholen.

***

Als ich an das Kontrollhäuschen heranfuhr und der freundlichen Beamtin meine Papiere durchs Fenster hinreichte, fiel mir auf, daß mein ausgestreckter Arm nicht naß wurde: Der Regen hatte aufgehört. Es wehte nur noch ein eiskalter, spöttischer Wind.

Papiere in Ordnung; Ticket okay.
Hinten an die Warteschlange fahren; sie ist lang, ich hab also noch Zeit.
Ich steige aus, gehe zum hinteren Wagenteil, will einsteigen, schaun, ob auch dort alles in Ordnung ist.
Die Türe klemmt.
Mit Gewalt reiße ich sie auf.
Ein Schwall von ölig-schmutzigem Wasser stürzt mir entgegen, darin und darauf schwimmend Taschentücher, Streichhölzer, Zweige mit und ohne Blätter, Schmutzklümpchen und Plastiktüten.
Mit durchnäßten Hosen und Schuhen steige ich ein, nachdem die Flut versiegt ist.
Ein einziges Chaos.

Der Sturm hat das Dachfenster weggerissen, Sturm und Regenmassen gemeinsam haben sich im Wageninnern ausgetobt.
Die Schranktüren stehn offen, zwei hängen nur noch an ihrem Scharnierband herunter. Kleider, Schuhe, Bettzeug, Eßwaren, Konservendosen, Bücher, Medikamente -: Alles liegt, vollständig durchnäßt und verdreckt, verformt, versaut, verunstaltet, verknäult, verbogen, verdorben, irgendwo herum.
Und der höhnische eisige Wind pfeift sich durchs Dach ein lustiges Liedchen dazu.
Sind Sie nun wieder halbwegs versöhnt, meine Damen und Herren?
Nein? Nicht halb- und auch nicht viertelwegs?
Nein, Sie haben recht. Verdient, wenn es eine Gottes-Gerechtigkeit gäbe, hätte ich weit Schlimmeres. Mindestens den Tod.
Aber kaltschnäuzige Schweinehunde wie ich pflegen zu überleben.
Und pflegen das Loch im Dach notdürftig mit Plastikfolie abzudecken - für den Fall, daß es doch nochmal regnen sollte.

***

Check-in um 20.45 Uhr.
Überfahrt nach Deutschland.
Landung Travemünde Montagfrüh, sieben Uhr.
Die Sonne scheint.
Telefongespräch mit zu Haus: Cordula meldet sich.
Du! sage ich, grüß dich! Ich bin in Travemünde.

Du! Du? Du bist es? Du lebst? Bist du gesund? Mein Gott! Dein Schiff hat doch gebrannt ...
Dann höre ich, wie ein Schluchzen ihre Stimme erstickt.

Wurden Sie daheim jemals inniger umarmt?

WEITERE BÜCHER AUS DEM SCHEUNEN-VERLAG:

Ingo Barz, *"April-April oder konkrete Standpunkte zur allgemeinen Lage".*
Mit diesem schmalen, jedoch inhaltsreichen Büchlein begann der Verlag im Frühjahr 1992 seine Tätigkeit. Ein Buch, das vor allem die Befindlichkeiten der Ostdeutschen im Vereinigungsjahr und kurz davor schildert.
Taschenbuch, 96 S., 5,95 DM ISBN 3-929370-00-X

Andreas Schako (Hrsg.), *"Gittergedichte"*
20 Häftlinge aus deutschen Gefängnissen sind in dieser Anthologie vertreten.
Gedichte, kurze Erzählungen, nicht immer literarisch vollendet, wohl aber die Empfindungen der Autoren sehr genau ausdrückend, lassen dieses kleine Büchlein zu einem Schatz in jeder guten Büchersammlung werden.
Mit Zeichnungen von Peter Lerch (JVA Tegel).
Taschenbuch, 96 S., 7,80 DM ISBN 3-929370-02-6

Ingo Barz, *"Respektloser Umgang mit den Absonderlichkeiten des Alltäglichen"*
"...der weder angepaßter West-Popstar noch übriggebliebener Berufsmärthyrer der ehemaligen DDR ist. Leid und Schmerz auszusprechen, ohne selbstmitleidig zu sein, vielleicht macht das den Reiz seiner Texte aus."
Mit Grafiken von Ina Kleinschmidt und Olaf Dapschies.
Taschenbuch, 96 S., 5,95 DM ISBN 3-929370-06-9

Friedrich Kantholz, *"Herbst in Deutschland"*
Der vor allem als Puppenspieler in seiner norddeutschen Heimat bekannte Autor beschreibt in oft heiter-ironischen Art und kleinen und großen Schwächen seiner Landsleute, ohne sich selbst dabei zu schonen.
Mit 18 Grafiken der Prerower Künstlerin AK Mousson, die das Buch in seiner Ausstattung zu einem kleinen Kunstwerk werden lassen.
Taschenbuch, 100 S., 9,80 DM ISBN 3-929370-07-7

Andreas Ciesielski, *"...und er sagt NEIN!"*
Ein Buch über den ersten Totalverweigerer im Bundesland Mecklenburg-Vorpommern, über dessen Motive und dessen Hintergrund. Ein Buch auch für alle, die aus Gewissenzwang dem Beispiel des 23jährigen Jura-Studenten Ralf Morwinsky folgen wollen. Mit einem umfangreichen Angebot an Ratschlägen, Hinweisen und Insider-Adressen.
Das Vorwort schrieb Günter Wallraff.
Taschenbuch, 96 S., 9,80 DM ISBN 3-929370-13-1

Helga Radau, *"Nichts ist vergessen und niemand"*
Beim Durchstöbern von Akten stieß die Barther Stadtarchivarin auf unbekannte Dokumente und Aussagen über das KZ Barth. Mit Gründlichkeit und Engagement recherchierte die Autorin, befragte Überlebende der "Hölle von Barth" und schrieb ein Buch in leisen Tönen über ein Thema, das viele heute am liebsten vergessen möchten.
Format A 5, 160 Seiten mit einem ausführlichen Dokumententeil, 19,80 DM ISBN: 3-920370-09-3

Gerhard O. Stelzig: *"Rosen auf die Brücke"*
Der aus dem Landkreis Ribnitz-Damgarten stammende Autor erzählt aus dem Blickwinkel eines kleinen Jungen Leben und Vertreibung aus dem Sudetenland. Er erzählt dies ohne einen zornigen Blick zurück und mit dem einzigen Anspruch, daß das Unrecht nicht vergessen werden darf, das auf beiden Seiten geschah. Dies ist ein Buch gegen das Vergessen. Und für die Versöhnung.
Format A 5, 204 Seiten, 19,80 DM, ISBN: 3-929370-11-5

Liselot Huchthausen, *"Jugend in Rostock"*
Die Autorin erzählt in diesem Taschenbuch lebhaft und engagiert von ihrer Kindheit und Jugend in der altehrwürdigen Hansestadt Rostock.
Aus der Perspektive des jungen Mädchens hört sich vieles anders an, als die Geschichtsbücher es uns glauben lassen wollen...
Das Buch schließt mit dem Ende des Krieges und mit dem zaghaften Neubeginn in ihrer Stadt Rostock, die wie viele deutsche Städte sinnlos zerstört war.
Wer es liest, wünscht sich eine Fortsetzung, wünscht sich die Schilderung der Jahre in der DDR aus der Feder dieser Frau, die an der Rostocker Uni als Professorin tätig war.
Taschenbuch, 146 S., 14,80 DM, ISBN: 3-929370-19-0

Mirnyj K. Blumberger: *„Sterbe-Sog"*

Wirrsal der Lebenstage, Mühsal des Lebensabends, Stolpern über eigene Irrtümer, Verlockungen, in den Tod zu gehen, Verführungen zum Weiterleben -: Mit all dem soll ein schlichter alter Dorfpastor ins Reine kommen.

Daß bei solchem Reinemachen nicht nur die eigene Seele geschrubbt wird, sondern auch die „Verhältnisse", die „Umstände" ein paar Laugenspritzer davontragen, ist unvermeidlich und - tut einem wohl.

Der Autor, waschechter Pommer, kennt den Westen, weil er dort wohnt. Aber mag er der kapitalistischen Denk- und Lebensweise angehörig sein, hörig ist er ihr nicht. Das dürfte ihm bei uns Lesern der ehemaligen DDR Sympathien erwecken.

Format A 5, 408 Seiten, 24,80 DM, ISBN: 3-929370-15-8

Vom gleichen Autor im Buchhandel:

KRISENGEBIET,
TOD EINES ARZTES,
GEDICHTE ZUM ANFASSEN...

Vom gleichen Autor über den SCHEUNEN-VERLAG erhältlich:

DIE ERKLÄRUNG
LIEBESWEGE
MOSKAUER AFFÄRCHEN

• SCHEUNEN-VERLAG Kückenshagen •
• 18317 Kückenshagen • Kolonie 04 •